文芸社セレクション

俊夫

寒河江 俊次
SAGAE Shunji

文芸社

目次

俊夫

序章（幼き日の出来事）

山形県西五百川郡朝日町大字立木字木川、昭和二十八年五月二十六日、森本俊夫はここで生まれた。

秘境も秘境、僅か七世帯、二十数名の集落で、勿論ライフラインは何も整備されてなくて、井戸に薪、ランプ生活だった。

昭和三十三年、俊夫五歳。

「トシ、明るいうちにランプ磨けな」

母親、梅之の口癖？だ。

電気のない時代、毎日布切れでランプのガラスを磨かないと、曇ってよく見えない。

そのランプ磨きが俊夫に課せられた日課だった。

「こら！　トシ、今日は磨かなかったろ」

父、勇吉から怒られる。

やったかやらなかったかは、明かりの見え方一つで一目瞭然だったから、俊夫は、このごまかしのきかない仕事にうんざりする毎日だった。

井戸は、よいしょよいしょの手こぎだったし、煮炊きや風呂、暖房は薪で、当然スーパーや商店はなく、買い物と言えば、立木と言う町まで片道4キロを、歩いて行くしかなかった。

だから基本は自給自足で、主食の米は買うにしても、副食は、自然の中でそれは豊富だった。

春になれば山菜、秋はキノコ類や野いちごにグミ、栗やクルミ。それにヤマメやイワナ、姫マスに熊や野ウサギの肉でタンパク質を摂っていた訳だ。これだけ自然食?を食べ、夜は暗くなると寝るという規則正しい生活を送っていれば健康そのものだと思うだろうが、俊夫はよく風邪をひく、決して丈夫な子供ではなかった。

俊夫には、年の離れた姉二人と三歳上の兄、信一がおり、生まれたばかりの弟、勇喜夫と五人兄弟だったが、俊夫がランプ磨きを命ぜられていたけど、年上の信一が何をやらされていたかは定かでない。

一番上の姉啓子は、中学を卒業して東京の方へ働きに行っていたし、二番目の陽子は中学生になったが、木川に中学校がなかったので、立木の先にある田老と言う所の寄宿舎に入っていて、月に一回、土曜に帰ってくるのだったが、その時、父勇吉はとてもうれしそうだった。

勇吉は、林野庁の営林署職員として森林の管理に当たっていたが、勇吉の兄森本源次郎も学校の裏に住んでいて、その子供忠光は、俊夫より一つ上で、二人は大の仲良しだった。

立木小学校の分校として木川小学校があり、信一達総勢八人が、鈴木先生のもとで学んでいた。

今年一年生になった忠光は、ルンルン気分で学校へ行くのだったが、一人残された俊夫は遊ぶ相手がいなくてつまらなくなり、そおっと窓ガラス越しに教室を覗き込んだ。

「あれ?トシ坊、どうした」

俊夫に気づいた鈴木先生が窓を開けて尋ねたが、何も言わず黙ってうつむくだけの俊夫に、

「そうか、一人でつまんないんだがあ……勉強すっか？」

と、ニコニコしながら言ってくれた。

そして、反射的にうなずく俊夫を見て、

「じゃ、ながさこえ（中に来なさい）忠光の隣でいいべ、なあ、タア坊」

と、忠光に声をかけたら、

「うん、ええよ」

と忠光も言い、俊夫は一年早く学校へ通う事になったのだった。

でも、勇吉と梅之は、

「ほだなごどして、いいんだがや（そんな事していいんですか）」

と鈴木先生に尋ねたのだが、おおらかな先生は、

「なあに、いいべ、はやぐ（早く）勉強すんだがら」

と、意に介さない様子で言うのだった。

鉛筆と消しゴム、ノートを信一から分けて貰い、勇吉からもらったブリキのランドセルに詰め込んで登校した。

その頃の遊びと言えば、そこら辺に落ちてる木の枝でやるチャンバラや、ゴムボールとプラスチックのバットでやる野球などで、腹を空かしては、野いちごや山ぶどうを取って

食べたりしていた。

春は山菜のオンパレードで、こごみ、山ウド、わらび、タラの芽、みず、うるえ、あいこ、すどけ、カタクリというところか。

都会の人は、カタクリというと紫色した可愛らしい花を思い浮かべるだろうが、その頃の木川の人達は、観賞用などと呑気な事を言ってられなくて、毒がないだろう植物は、とにかく食べてみたので、このカタクリのおひたしや油炒めは、とても美味しく食べたのだった。

秋には、栗、クルミ、アケビ、キノコ類を食べたが、特にアケビは、中の果実だけじゃなく果実を包んでいる皮の部分を味噌炒めにして食べたのだが、あの苦い味が、子供の俊夫でも美味しく感じたのだった。

そして、冬の楽しみは堅雪だ。

雪が夜中に止んで、気温が凄く下がった次の日の朝、雪の表面が凍っていて、ピョンピョン跳びはねてもズボッともぐらないので、ゴザを持って丘の上まで行き、そのゴザで一気に滑り落ちる遊びだったが、日が昇り、気温が上がるまでのほんの短い時間の楽しみだった。

そんな冬が過ぎ、春が段々近づいてくる頃、斜面の雪を優しくかき分けると、黄色い花のつぼみを持った福寿草が顔を出し、それを見て、ああもうすぐ厳しかった冬も終わりだ、待ち遠しい春が来ると嬉しくなる俊夫だった。

家の近くには、母なる川、朝日川が流れていて、俊夫と信一はよく釣りに出かけた。

リールやカーボンとかがない時代、竿はそこらから取ってきた細めの木を使い、糸と針は勇吉が立木で買ってきてくれた物だったし、餌はミミズで狙うは姫マスだ。

いつも釣れる訳ではないが、たまに型の良い物が釣れると喜ぶ、梅之の顔を思い浮かべながら釣り糸を垂らす二人だった。

しかし、豊かな川の流れ、自然の恩恵を受けながらおおらかに暮らしていた生活が、もうすぐ終わろうとしていた。

と言うのも、洪水対策や発電所建設とかで、木川ダムが造られる事になり、連日、測量や工事とかで、多くの人がトラックに乗りやってきていたのだ。

「ダムが出来りゃ電気も点くし、生活も楽になんだべよ」

と言う楽観的な勇吉の言葉に、ただランプ磨きから開放される事を思い、嬉しくなる俊夫だった。

今日も信一と釣りだ。

幅二十メートル程の朝日川は、流れは穏やかで、水深は深いところで一・五メートル、浅い所で膝ぐらいだったが、二人は川には入らず、いつも岸から糸を垂らし、姫マスを狙っていた。

そして、日も傾きかけた土曜の夕方、釣れなくて帰ろうとした時、信一の同級生、浅見健がやって来た。

俊夫達の家は、岸から少し離れた高台にあったが、浅見家は、釣りをやる岸からすぐ近くにあって、健は一人っ子だった。

「ダメだがあ」

「ダメだあ、引かねえ」

と信一が言い竿を片付け始めると、

「仕掛けでくっからよ」

と、格子状の鉄かごを抱えながら言った。

そのカゴの中には、ヤゴが針に付けられバタバタしていて、魚が食いつくと蓋が閉じる仕掛けだった。

「この前なんか、大きい姫入ってたんだぜ」

と、自慢そうに話す。

「へえ、いつ引き上げんだがや」

「あしたの朝。くっが（来るか）?」

「うん、来る。何時?」

「七時半」

と言うと、かごを持って胸ぐらいまで水につかりながら、向こう岸へ渡っていった。

そして岸にたどり着くと、慣れた様子でかごを木に縛りつけ戻ってきて、明日が楽しみだと笑って帰っていったのだった。

次の日、

「かがってるが見るだけだから、すぐ帰ってくる」

と梅之に言い残し、二人は走って川へ向かった。

勇吉は座ってお茶を飲んでいた。

少し先に健の後ろ姿が見えて、川辺に着くと、

「見でくっから」

と言い、川を渡り始めた。

「かがってるどいいな」

と信一が後ろ姿に話しかけたら、浅見健は振り向かず左手を上げ、拳を突き上げて応えてみせた。

途中、深みに胸まで浸かったりしながら向こう岸までたどり着き、急いでかごを引き上げて叫んだ。

「ダメだったちゃあ」

「んだがやあ、しゃーないなあ」

と信一が両手を口に当てて叫び、

「トシ、帰んべは」

かごを抱えて戻ってくる健を見ながら信一が言うので、俊夫はウンと応え、川を背にして歩き始めた。

そして十数歩程歩いたところで、川の方を振り向いた。

あれ？

健の様子が変だ。

「あんちゃん」

先を歩く信一に声をかけた。

「健ちゃん、おかしくない？」

振り向いた信一は、川の丁度中頃で手をバタバタする健を見つけた。

最初は何ふざけてんだと思い、

「健、ばかやってんじゃないぞ」

と大きな声で怒鳴ったが、健はバタバタやアップアップを数回繰り返した後、沈んだまま水面に顔を出さなくなり、持っていたカゴだけが流れていくのが分かった。

それを見た信一は、ふざけてやってるんじゃない、大変な事になったと直感し、俊夫も子供心にエライ事になったと思った。

そんな時、日曜とはいえ少し先の道路を、ダム工事の人達がトラックの荷台に、五、六人乗って、ワイワイ話しながら現場へ向かうのが見えた。

その姿を見つけた信一が、

「おおい、助けでけろー」

と手を振って大声で助けを求めた。

俊夫も両手を振って叫んだ。

「おおい、大変だあ……」

でも、聞こえてきたのは、

「おはよう」

と、トラックの荷台から笑顔で手を振って答える声だった。

「違う、お早うじゃねえ、大変なんだあ」

悲痛な信一の声にトラックは止まることなく走り去ってしまった。

ガックリと肩を下ろした信一は、突然何を思ったのか、脇目も振らず猛ダッシュで走り始めた。

『大変だ、大変だ』

俊夫も心の中で叫びながら、必死で信一の後を追う。

「父ちゃん、大変だあ」

信一が大声で叫んで家へ入ると、ノンビリお茶を飲んでいた勇吉が、びっくりして信一を見た。

「健ちゃんが、健ちゃんが、沈んだまま上がってこねえ」

いつの間にか、涙声になっている。

「なに？　沈んだままだあ、どごだ」

と言って立ち上がると、

「健ちゃん家の先」

泣きながら言う信一の声を背中で聞きながら走り出した。

そしてすぐ俊夫とすれ違ったのだったが、勇吉のこんな顔を今まで見た事がないと思う位の、俗に言う鬼の形相だった。

泣きながら後を追う信一につられて、俊夫も泣き始めていた。

「浅見さん、健ちゃん大変だ」

健の家に向かって叫ぶ勇吉の声が聞こえてきて、信一と俊夫が最後の坂に差しかかった時、川に入っていく父の姿と中州に沈んだままの健の姿が見えた。

すると、バタッと信一が走るのをやめてうずくまり、オエッ、オエッと、嘔吐しだした。

驚いた俊夫は、いつの間にか信一の背中をさすっていて、さすりながら救助する父の姿をボンヤリ眺めていた。

健ちゃんのお母さんが出てきて狂ったように叫んでいるのが分かったし、抱きかかえるように勇吉がグッタリした健を岸に連れ戻し、何処で覚えたのか人工呼吸をやる姿も見えたが、健は動かなかった。

そして、健の身体を揺さぶりながら泣き崩れる母親の姿が見えて切なかった。と同時に、勇吉を誇らしく思った。

梅之が機転を利かせたのか分からないが、続々とダム工事の人達がやって来て、医者らしき人がその場で死亡を確認した。

その後、立木から警察や消防がやってきて現場検証が行われ、信一と俊夫も事情を聞かれた。

「なんですぐ近くの健君の家の人に知らせなかったんだ？」

ごっつい警察の制服を着たおじさんが信一と俊夫に尋ねた。

「……」

俊夫は、正直に言って本当に何故だか分からなかった。

「子供だがらびっくりしたんだべえ、俺の事しか頭さながったんだべよ」

と勇吉が助け船を出すと、

「うん、いや、少しでも早かったらなあと思って……」

と、警官は次の言葉を飲み込んだのだった。

俊夫は、健ちゃんが死んじゃった現実を受け入れられなくて、しばらくの間、沈んだままの健の姿が頭から離れなかった。

健の葬儀は立木の斎場で行われたが、勇吉は、信一と俊夫を連れて行かなかった。

信一は、あの日以来塞ぎ込むようになり学校へも行けなくて、俗に言う鬱状態だった。

立木での葬儀を終え帰ってきた勇吉が、ボオッとしている信一に話しかけた。

「シン、健ちゃん、ちゃんと天国さえげる様に（行けるように）おがんできたがら（祈ってきたから）……なあ自分を責めんな、お前、やれるごどやったんだがら。健ちゃんの母ちゃんも言ってでだよ……信ちゃんが一生懸命知らせに走ってくれたから早ぐ引き上げられたって……でなきゃ、もっと長いごど冷だい（冷たい）川のながさ（中に）いだんだべよ（居たんだろうよ）ありがとうって……」

その話をボンヤリ聞いていた信一の目にだんだん涙が溢れ出し、少し救われた気分がしたみたいだった。

そこに俊夫はいなかったが、夕方、ランプ磨きをしているところへ勇吉がやって来て、信一に話した同じ事を言ってくれた。

「んだがあ、えがったな（よかったなあ）」

俊夫は俊夫なりにホッとして答えた。

この日から信一は徐々に明るさを取り戻し、学校へ行き始めたのだったが、決して健の家の近くや岸へ近づこうとはしなかったし、当然釣りをやる事も無くなったのだった。

そして信一が四年生になってすぐ、浅見家は、数少ない集落の誰にも告げずに、ある日突然、何処かへ越していった。

「そりゃ辛いだろうよ。毎日毎日、あの川を見るのは……」

と、大人達が話しているのを聞いた俊夫は、そりゃそうだと頷くのだった。

俊夫が二年生になった九月（本当は一年生）東北地方に大きな台風がやってきた。

それは、俊夫の短い人生の中でも経験した事のない凄い物で、風はそこそこ強かったが、それよりも何しろ雨が凄く、俗に言う、バケツをひっくり返したような雨だった。

でもこんな中、何故か授業が行われていた。

午前十時頃、

「皆、シン坊んちさ避難すっぺ」

と、外を見て鈴木先生が言い出した。

木造二階建ての校舎の裏山は、普段、沢の水がチョロチョロ流れている程度だが、今日はそんな穏やかな流れではなく、滝の様な濁流になっていた。

シン坊、すなわち信一の家、森本家は、営林署職員の家という事もあり、頑丈な木材で作られていて、何かあると集落の人達が集まる場所にもなっていて、学校の建物より頑丈だった。

傘など役に立たず、みんなカッパを着て手を繋いで森本家へ向かい、一番最後を慎重に鈴木先生が歩くのだったが、俊夫は、雨で前がほとんど見えない中、朝日川の水位が普段の倍以上になっているのに気付き、その濁流を大きな木が勢いよく流れていくのを見て、身体がブルブル震えた、

「たあちゃん、おっがねえなあ（怖いなあ）」

と手を繋いでいる忠光に言うと、

「うん……」

と、忠光は小さく答えた。

約十分で森本家へ到着し、梅之が出迎えてくれてみんな中へ入った。

「じゃあ、ここで（ここで）自習だ。あど二時間位したら少しはおさまってくんべ」

と鈴木先生が言ったのだが、その声が聞こえない位家の外壁にたたきつける雨の音がうるさかった。

「大丈夫だがらな」

梅之がわざと笑いながら言うと、少しホッとしたのか、みんな床に座って思い思いに勉強を始めた。

「勇吉さん、こだなどぎ（こんな時）どごさ行ったなや（何処へ行ったの）」

先生が梅之に問いかけると、

「源次郎さん家、植木出しっぱなしだがら片付け手伝いさ行ったんだ」

と梅之が答えた。

学校の裏山、チョロチョロの沢を渡った所に忠光の家があり、源次郎さんは植木が好きで、家の周りは造園屋みたいに数多くの盆栽が並んでいたのだが、本人が骨折して山形の病院に入院中だから、勇吉が朝早く出かけて奥さんの美津さんと一緒に片付けているのだと言う。

「それにしても、凄い雨だなあ」

窓ガラスを眺めながら先生が独り言を呟いたその横で、梅之が子供達のためにおにぎりを握る準備を始めていた。

その時、頑丈な建物が、ゴゴオオウと聞いたこともない地響きと共に、ガタガタ、ガタガタと大きく揺れた。

「なんだべや」

手を止めて梅之が言う。

「わがんねえ、地震みたいだなあ」

と鈴木先生。

又来るかと身構えたが、その不思議な音と振動はそれ一回だけで不安なまま時は流れ、幾分雨が弱くなってきたなと思った時、突然、

「大変だあ」

ダム工事の監督が飛び込んできた。

「学校の裏山、土砂崩れだあ」

びしょ濡れのカッパのまま、監督はそう言うとその場に座り込んだ。

「なんだべやあ……父ちゃん……」

思わず梅之が呟いた。

「何もかも、もっていがれだんだあ凄い勢いで。かろうじて、なんとか学校はのごっでだげど（残っていたけど）……」

「さっきのおど（音）土砂崩れだったんだ」

と鈴木先生。

「先生、おらチョットみでくる（見てくる）」

梅之がカッパを着ようとすると、

「危ない危ない、まだなにあっかわがんねえがら（何あるか分からないから）……いぐな（行くな）」

先生と監督が必死で止める。

「だって……父ちゃん」

座り込む梅之。

監督は、崩れた近くに勇吉達がいたと聞いて言えないが、あの凄まじさじゃ絶望だと思った。

信一も俊夫も、忠光も黙ったまま雨の音を聴いている。

「大丈夫だあ、みんな、きっと大丈夫だ」

自分に言い聞かせるように言う鈴木先生の声には誰も何も応えず、重い空気だけが漂っていた。

「腹減ったあ」

一人の女の子の声にハッとした梅之は我に返り、おにぎりを握って子供達に配り始めた。

少しして、

「だいぶ小降りになったがら……ちょっと見で来る」

監督が立ち上がった。

「おらもえぐ（行く）」

梅之もトラックに乗り込み、学校の方へと向かったのだったが、途中、大きな木や泥が砂利道まで出てきており、それをよけながらなんとか学校へたどり着いたら雨はもう止んでいて、梅之は急いで学校の裏側へ向かった。

　普段チョロチョロ流れている沢の面影は何処にもなく、山肌がえぐられて茶色い土砂と泥水に覆われ、沢向かいにある源次郎の家だけ残っているのが確認できた。

　梅之が、

「父ちゃん」

　大声で叫んだが返事がない。

「あんたあ」

「……」

「凄い山崩れだったんだあ……」

　監督の声に黙ってうなずく梅之。

「おおい」

「？」

「おおい」

　源次郎さん家の中から人が出てきたが、梅之は、遠くでかすかに動く姿を見て勇吉だと確信した。

「あんたあ」

近づく事も出来ず大きく手を振ると、向こうも手を振っている。

勇吉だ。

ホッとした梅之は、目頭を押さえながら、

「あんたあ、えがったなあ（良かったなあ）」

と叫んだら、

「美津さん、流されたんだあ」

と言う勇吉の声が聞こえてきた。

「なにい、美津さん？」

「持ってかれたんだあ、泥ど一緒に」

梅之と監督は顔を見合った。

監督は、予想通り大変な事になったと思い、連絡しなきゃとそわそわしながら梅之を見ている。

察した梅之が、

「父ちゃん怪我ねえんだべえ、家のながで休んでろお、警察さ知らせるがら」

と言うと、分かったと答える様に手を振ってくれた。

集落で、唯一俊夫の家に電話があったから、二人は急いで引き返したのだった。

そして、立木の派出所に、

「裏山土砂崩れで、人流されたんだあ」

と監督が伝えると、

「誰、流さっちゃんだあ」

と、そばにいた信一が聞いた。

「……」

梅之と監督は、お互いを見たまま黙っている。

「父ちゃんか？」

と俊夫。

黙って首を横に振る梅之。

すると忠光が、

「母ちゃん？」

と聞いた。

梅之は、じいっと忠光を見て、

「大丈夫だ、必ず見つかるがら」

とだけ言った。

いや、それしか言えなかった。

すると忠光は、泣きだす訳でもなく、ただ黙って梅之を見ているだけで、俊夫はなんて声を掛ければ良いのか分からず、こちらも黙って立ったままだった。

「大丈夫、警察とか消防が必ず助けでけっがら」

鈴木先生も忠光の肩に手を添えながら言うのだった。

行方不明者が出たという事で、警察、消防は大騒ぎになり、山奥の木川へ何台もの車で駆けつけた。

山形に一つしか無い民放、山形放送の記者やＮＨＫも同行し、捜索の責任者は土砂崩れ現場を見て、勇吉から詳しい事情を聞いた。

「美津さんと一緒に盆栽片づけていたら、どどっと地響きがして、山の方振り向いたら、泥水や大っきな木がわさわさと降りかかってきたんだ。おらあ、とっさに後ずさりしたら、おらの足のほんの少し前を土砂流れでいったっけ。びっくりしで美津さんの方みだら（見たら）あっという間に泥ど一緒に流れでいったんだ」

と、勇吉は生々しく証言した。

話を聞いた責任者は県警と連絡を取り、自衛隊に救助要請を出し、陸上自衛隊神町駐屯地から、総勢百人態勢で捜索隊がやってきた。

みんな同じ濃い緑色の服でヘルメットをかぶっている、そんなたくさんの人達を初めて見た俊夫は、その数の多さに圧倒されたのだった。

そして、学校の校庭にいくつものテントが建てられ、土砂が流れていった一帯や朝日川の捜索が始まったのだったが発見に至らず、捜索開始から二十日、何の手がかりもなく捜索は打ち切られ、自衛隊員は引き上げて行った。

結局、美津さんを発見する事はできなかったのだ。

病院から帰ってきた源次郎は松葉杖をつきながら、流されたという沢の方を呆然と眺めていたが、そのギブスで固められた左脚のズボンをつかむ忠光の姿が痛々しかった。

立て続けに、健ちゃん、美津おばさんを亡くした俊夫は、やるせない悲しい気持ちになっていたが、一年もしないうちに、健ちゃん家同様源次郎と忠光は、知り合いのツテを頼りに、埼玉の大宮というところへ越していったのだった。

俊夫は友達がいなくなり、気の抜けた毎日を送っていたが、そんな沈んだ気分を晴らす出来事が起きた。

ダムが完成し電気が点いたのだ。

初めて見たダムは青々とした水を貯え、一方、放流側は恐ろしいくらいの高さで、俊夫は、上から覗いておっかねえと思った。

立木の方から偉そうな人が大勢集まり、新聞記者も来て式典が行われ、式の最後に司会者が、

「放流」

と大きな声を上げると、貯まっていた水が一斉に勢いよく放されて、ミスト状の水しぶきに虹が架かり、その幻想的な風景と迫力に圧倒された俊夫は、

「おおっ」

と言いながら後ずさりしたのだった。

そして出席者から一斉に拍手が湧き上がって飲み食いが始まり、下戸の勇吉がお偉いさ

ん達に酒を注いで回っている姿を見て、大人って大変だなあと思う俊夫だった。

「えぐべ（行こう）」

信一が俊夫の所へ来て言い、二人で家へ向かった。

「母ちゃん、母ちゃん、電気」

信一の声に、にこにこしながら梅之が裸電球のスイッチをクイッと回すと、オレンジ色の灯りがボンヤリと点き、

「わああ、明かりだ」

俊夫が思わず叫んだ。

「うん、ランプよりあがるいなあ（明るいなあ）」

と信一。

「トシよがったなあ、ランプ磨きしねえでいいがら」

笑いながら梅之が言う。

「うん、えがった、えがった（よかった）」

俊夫は、家に電気がきた喜びを噛みしめるのだった。

勇吉は、二、三日前に、どこで買ってきたのか知らないが、ラジオを居間に据え付けていて、電気が来るのを待ち望んでいた。

ラジオと言っても、今のようなコンパクトな物ではなく、真ん中に丸い大きなスピーカーがある俊夫の背丈ほどの大きな四角い木の箱で、箱の上を開けると、七八回転のレ

コードプレーヤーが付いている代物だった。

電気が通った次の日の朝、勇吉がラジオのスイッチを入れた。

梅之も信一、俊夫、小さな勇喜夫も、黙って木の箱を見ているが、箱は何も言わない。

昔のラジオは真空管だったので、温まるまで時間がかかり音が出なかったのだ。

しばらくすると男の声が聞こえてきて、今日の天気はどうだとか、当たり障りのない事を言って歌謡曲が流れ始めた。

俊夫は最初、この大きな箱の中に本当に人が入っていると思い、箱の隙間を覗いて見たりしたのだったが、当然誰もいなかった。

流れてくる曲は、三橋美智也の哀愁列車や春日八郎の別れの一本杉が定番だったが、俊夫は三橋美智也の古城がお気に入りだった。

ませていたのか、あの哀愁をおびた切ない声が大好きで、

「松風騒ぐ丘の上
古城よ独り何偲う
栄華の夢を胸に追い
ああ仰げば侘し天守閣」

とわざと鼻声で歌いながら、ブリキのランドセルを背負い学校へ通うのだった。

電気が通り、変電所を管理する家族がダム完成に併せてどこからかやってきた。

夫婦と、信一より一つ下の男の子と、また一つ下の女の子の四人家族だったが、何故好

き好んでこんな山奥にきたんだろうと不思議に思った。

二人の子供達は、俊夫達が話す言葉（方言）が理解できなくて、ビックリした様子だったが、逆に俊夫達は、二人が話す標準語が何処か都会的でおしゃれだなとうらやましく思うのだった。

その変電所の家には、集落でただ一台テレビがあったのだが、こんな秘境で衛星なんてない時代、チラチラはしていたが何故映ったのか今でも不思議でならない。

そんなテレビで皆が楽しみにしていたのが、金曜八時からのプロレス中継だった。

「悪いなっす」

勇吉が、信一と俊夫を連れて玄関を開ける。

「どうぞ入ってください」

と、都会風の旦那さん。

中に入ると他の家族も来ていて、そんなに大きくないテレビを囲んで座っている。

画面は今で言うテストパターンの静止画で、プーンという高い音も聞こえていて、午後八時になると中継に切り替わった。

白黒の画面の中で、力道山や木村、シャープ兄弟などが殴り合いを始めると、大人も子供もワンヤワンヤの大声援だ。

「いけえ、力道山。空手チョップだあ」

珍しく興奮気味の勇吉の声と、薄ら笑いを浮かべる信一を横目で見ながら、結構熱くなる俊夫だった。

　そして興奮のうちに中継が終わり、お礼を言って帰る途中、

「強がったなあ、力道山」

　と言いながら足早に歩く勇吉と、少し遅れて歩く俊夫達。

「あんちゃん、さっき、なんで笑ってたんだ」

　俊夫が信一に尋ねた。

「ああ？　おもしゃいべよ（面白いだろうよ）あだなさ興奮して（あんなのに興奮して）」

「なして（どうして）？」

「トシ、あれ見で本気でやってるど思うが？　ありゃあショーだぜ、見せ物だぜ」

　落ち着いた口調で話す信一に、

「んだって、空手チョップでロープの下さ落っこちていったし、頭突きであだまがら（頭から）血出でだべよ」

「ほだなごど（そんな事）やるようにきまってるんだ。それをあだなに興奮して……笑いだぐなっぺよお（笑いたくなるだろうよ）」

　と言いながらサッサッと歩いて行く。

　その姿を見て大人だなあと感心する俊夫だったが、そんなに批判的な事を言うなら見に行かなきゃ良いのにとも思ったりして、金曜の夜は度々お邪魔する三人組だった。

　ラジオ、テレビと、木川にも段々文化的生活が入り込んできていたが、自然を相手にす

る厳しい生活に変わりはなかった。

一年で一番過酷な季節が冬で、一階の玄関が雪で埋まり、出入りを二階の窓からするのが当たり前の豪雪地帯、二階から一階の部屋へ降りると四方が雪で覆われているから昼でも真っ暗だったが、不思議と温かかった。

冬の風物詩に、熊狩りと狸狩り、ウサギ狩り・猪狩りがあり、俊夫は、真っ白な雪が動物たちの血で赤く染まるから嫌いだったが、冬の栄養としての肉は必要不可欠で、男達は、マタギではないが猟犬を連れ、群れで鉄砲を持ち、野生動物の狩りをするのだった。

特に熊は、毛や肉から内臓まで捨てる所がなく、その中でも『熊の胃』は、万能薬として重宝されていた。

俊夫は、皆が食べている熊やウサギの肉は、真っ赤な血を連想し、どうしても食べられなかった。

こんな幼少期を秘境で過ごした俊夫達は、勇吉の転勤で都会へ引っ越す事になる。
昭和三十七年九月
陽子　中学三年生
信一　六年生
俊夫　三年生
勇喜夫　四歳

勇吉が、寒河江営林署勤務になったのだ。

寒河江市は、山形市のすぐ上にあり、隣は将棋のコマの天童市、木川から見ればそれは大きな街だ。

林野庁の職員と言う特権もあり、木川の住居を解体し、その木材で寒河江駅から五、六分の元町と言う場所に、平屋建ての家を建てた。

そして梅之は、寄宿舎生活だった次女の陽子を寒河江中学校へ転校させたのだが、陽子は、寄宿舎じゃなく自宅から通学できる事をとても喜んでいたけれど、高校進学を控えていて落ち着かない様子だった。

次に、信一と俊夫の登校へ向けて事前に寒河江小学校へ出向き、教科書をもらったり教頭と面談した。

「朝日町木川ですか。……あの鈴木先生がおられる……」

「んだっす（そうです）知ってるんですか？　先生にはお世話になりましたあ」

「いやあ、とても有名な先生でしてね。全国の先生方から一目置かれている方なんですよ。教育者の鑑として……」

話は続く。

「大阪の小学校の校長を長いことやっていて、それはもう抜群の指導力を発揮されていたんですが、突然移動を申請されたんですよ。……小さな学校へ、できれば生徒数名の小さな所へ行きたいと……後々聞いたら山形だって……木川……そりゃあ皆びっくりでしたよ」

「そだなエラい先生だったんだがやあ、鈴木先生」

とビックリする梅之だったが、そう言えば何処となく品がある人だったなあと思うのだった。

信一は六年二組、俊夫は三年三組に決まり、九月十一日の月曜から登校する事になったのだが、今で言う集団登校なんてない時代で、俊夫は信一とふたりで行く事になった。

信一はずだ袋、俊夫はブリキのランドセルで、寒河江市の中心部よりやや東側に位置する寒河江小学校へ、続々集まる人の多さに圧倒されながら登校した。

「あんちゃん、すごえなあ」

「うん……」

こんなに多くの人を見るのは初めてだったので、びびってしまった。

全校生徒、八百七十人。

俊夫のクラス三年三組は三十六人で、信一と別れてクラス名が書かれた教室に着いたが、どうしたらいいのか分からず、入り口で立ち尽くしていると、みんなジロジロ見ながら中へ入って行き、少ししてメガネを掛けた中年の女の人がやってきた。

「森本君？」

俊夫は黙ってうなずいた。

「担任の高橋です。よろしくね。じゃ、入りましょう」

と言われ、先生の後に続いて教室に入ると、ざわついていた生徒達は、興味深そうな顔で俊夫を見て静かになった。

　そして、先生が、

「みんな、今日から一緒に勉強する事になった森本俊夫君です」

　と紹介してくれて、俊夫はぺこりと頭を下げた。

「どごがらきたんだあ？」

　教室の後ろの方から声がした。

「森本君、言える？」

　先生が俊夫を見たが、こんな大勢の前で話した事などなかったので固まってしまった。

「皆、知ってるかな？　朝日町って。その少し奥の木川という所から来たんですよ」

「じゃ、こごよりいなが（田舎）だ」

　又後ろからの声に、教室中から笑い声が起きた。

「はいはい、皆さん仲良くしてね。じゃあ森本君は小泉君の隣の席です。小泉君、色々教えてあげてね」

　と言って窓際の後ろを指さされ、俊夫は小泉君の隣に座った。

　そんな初日から三日後の帰り、正門で信一を待っていると、隣のクラス、二組の男二人が俊夫の横を通りかかり、

「おい、こいつのランドセル、金物なんだぜ、叩くと音すんべよ」

　と、俊夫の背中を見て言った。

「おもしゃそうだな（面白そうだな）」

ともう一人が言い、足下にあった小さい石を拾う俊夫の背中めがけて投げたのだ。

バコンとブリキ特有の音がした。

ワハハと笑う声。

隣にいた子も投げる。

バコン。

帰る途中の女の子達がそれを見て、クスクス笑っている。

恥ずかしくなった俊夫は、信一を待たずに帰ろうと歩き始めたが、二人はそれでも追いかけて来て、又石を投げつけ大笑いするのだった。

俊夫が急いで走り出すと、男達はそれ以上追いかけてこなかったが、笑い声だけが聞こえてきた。

俊夫は、家の中へ入るなりランドセルを思いきり叩きつけた。

ビックリした梅之が、

「何すんだがや」

と、台所から顔を出して言う。

「なんでこだな（こんな）ランドセルなんだ」

と言って、わーっと泣き出した。

「なにしたんだ？」

理解できない梅之と、ビックリした様子の勇喜夫が、味の素を舐めながら俊夫を見ている。

言い忘れたが、勇喜夫は何故か味の素が大好きで、いつもペロペロ舐めていたのだ。

「石投げらっちゃったんだ。わあっ」

投げつけたランドセルを拾うと、もう一回思いきり叩きつけた。

やっと理解した母は、

「んだがやあ、可哀想にな。父ちゃん買ってけだんだ（買ってくれたんだ）けどなあ……」

台所からやってきて、ランドセルを拾い上げながらそう言った。

「誰も、そだな物（そんな物）もってねえ、もっと柔らがい物だ」

泣きながら言うと、そこにガラガラと玄関を開ける音がして、信一が帰ってきた。

「トシ、何でさぎ（先）帰ったんだあ」

わああ、わああ泣く俊夫を見て驚く信一に、梅之がいきさつを話した。

「んだがや（そうか）じゃあ、俺しょっていぐっちゃ（背負って行くから）明日がら」

「……」

「せっかぐ父ちゃん買ってけだんだがらなあ（買ってくれたんだからなあ）」

「あんちゃん、石投げられるべよ」

半ベソかいて俊夫が言うと、

「ははっ、大丈夫だ。お前明日がら、ずだ袋な」

と言い、梅之からランドセルを受け取ると、教科書や筆記用具を中に押し込んで、空のずだ袋を俊夫に差し出した。

俊夫は、バラバラになって落ちている教科書やノートをずだ袋に入れたのだったが、隣で勇喜夫が黙って味の素をペロペロしていた。

寒河江営林署勤務の勇吉は五時半に帰宅する毎日だったが、この日も例外なく帰ってきて、今日の出来事を信一から聞いたのだった。

「そうか……」

と言って少し間を置き、

「トシ、父ちゃんなあ、皮のランドセルたがぐて（高くて）買わんにゃかったんだ（買えなかったんだ）ごめん悪がったなあ……」

と謝った。

それを聞いた俊夫は逆に申し訳なく思い、なんであの二人組に立ち向かわなかったんだろうと後悔するのだった。

「いいよ父ちゃん、明日がら、俺使うがら」

と信一が言うと、

「んだども、お前大丈夫なのか？」

心配そうな勇吉に、

「心配要らねえ、大丈夫だあ」

と笑いながら答える信一だった。

こうして、次の日からずだ袋とランドセルを入れ替えて二人は登校した。

案の定、校門横で、昨日石を投げた二人組が又からかおうと、俊夫が来るのを待っていた。

背丈の大きい信一がブリキのランドセルを背負っている姿は少し滑稽に見えたが、こいつらだなと思った信一は、

「お前ら石投げてみろ」

と背中のランドセルを手に取って、二人の顔の前に差し出すと、二人はその場に立ち尽くした。

「ほらあ、投げでみろ」

ランドセルが一人の頬に当たった。

「……」

「ほら」

もう一人の顔の前に差し出すと、鼻にゴツンと当たって二人は後ずさりし、黙って校舎の方へ走り出したのだった。

「トシ、なんかまだされだら（又されたら）教えろ。やっつげでやっからな」

「うん」

格好いいなあと思う俊夫だったが、それ以来嫌がらせを受けることはなかった。

授業が始まり、国語、算数、社会、理科と一通り進んだが、先生の言っている事が全部分かる、理解できる。

そりゃそうだ、木川で四年生の授業を受けていた数ヶ月後に転校し、三年生の授業を受けてる訳だもの。

俊夫はフムフムと復習する感じで授業を受け続け、当然十一月のテストは教室一の成績で、チョロいもんだと三橋美智也の鼻歌を歌うのだった。

するとある日、梅之が高橋先生に呼ばれた。

「お母さん、わざわざ来てもらってありがとうございます」

ありきたりの外交辞令に、

「俊夫、何かやらがしたんだべがあ」

「えっ？　いえいえ、そうじゃないんですよ」

と、先生は笑いながら話し始めた。

「私も教員生活長いんですけど、森本君みたいに成績の良い子今まで見た事ないんですよ。このままいけば東大だって夢じゃないので、お母さんにも事実としてお知らせしておいた方が良いかと思いまして、来ていただいた次第です」

黙って聞いていた梅之は、親として優越感を味わいたかったのか、木川で一学年上の勉強をしていた事を黙っていた。

「んだがっす。勉強好きでよぐ机さむがってるんで……」

と、平気で嘘をつく梅之。

「そうですか。私も精一杯やらせてもらいますので宜しくお願いします。何しろ本校始まって以来、最高の成績ですので」

と興奮気味に話す先生を見て、なんか先生の方がえらく興奮してるなと他人事の様に思う梅之だった。

「トシ、先生すごぐ褒めでだぞ、母ちゃん嬉しぐなっちゃったっけ」

夕食時、早速皆に報告した。

「東大だって入れるってよ、父ちゃんどうすっぺ」

「そりゃあ凄いごどだなあ、こぐりず（国立）だがらそんなに金かがんねんじゃねえのか。行がしてやれんべよ」

すっかりその気の勇吉。

「忠光ど一緒に勉強してだがらだべよ、これがらどうだがだべ」

味噌汁をすすりながら冷静な口調で信一が言ったが、

「頑張るんだもんなトシ」

すっかりその気の梅之と、

「んだ、頑張ってみっかな」

人ごとのように言う俊夫に、

「これがらだね、どうなるか楽しみだわ」

と陽子が言うと、隣にいた勇喜夫が味の素をペロペロ舐めながらうなずいている、そんな明るい雰囲気に包まれた森本家の夕食だった。

しかし、現実はそんなに甘くはなく、信一が言ってた通り、四年生になるとみるみる成績が落ちていき、

『先生、何言ってるんだか、さっぱりわからない』

と言う事になってしまった。

「森本君、こんな事も分からないの？」

高橋先生はヒステリックに眉間にしわを寄せ、俊夫に大声を上げる事も度々あり、俊夫は東大なんて夢のまた夢、普通の人になっていったのだった。

その年の六月、森本家に初めてテレビがやってきた。

勿論シロクロの14型で、４本の足が付いていて、チャンネルはガチャガチャ回す代物で、皆大喜びだ。

それまで大好きな大相撲は、三軒先の『妙法道協会』とか言う宗教団体の家で見せてもらっていたのだが、そこの教祖？の年配の女性は、山形が生んだ大横綱『柏戸』の大ファンで、千秋楽の大鵬との取り組みは声をからして柏戸を応援するのだった。

でも俊夫は、どんな時でも冷静で落ち着いている大鵬の方が好きだったけど、見せてもらう手前言えなかったが、ある場所の千秋楽、優勝がかかった横綱同士の大一番で、大鵬が寄り切りで勝ち、思わず俊夫は拍手をしてしまった。

するとその人は憮然として、早く帰れとばかりに、

「終わり、終わり」

と、サッサとテレビを消してしまったので、信一と俊夫はそそくさと家へ帰るしかなかったが、これからは気兼ねなく大鵬を応援できると思い嬉しくなるのだった。

勇吉は結構新しもの好きで、テレビの画面が大きく見えるとか言う、レンズみたいな物を抱えて帰ってきた事があった。

画面に取り付けて、ビヨーンと手前に引くと確かに大きくなったが、その恩恵を受けるのは正面の人だけで横の人は邪魔でしかなく、余計な物買ってと梅之に散々怒られ、取り外したのだった。

そんなバタバタした年の秋頃、勇吉の身体に異変が起きた。

最初歯が痛いとか言い出し、街の歯医者へ通いだしたら歯槽膿漏とか言われ、ぐらぐらしてる何処かの歯を抜いて入れ歯を入れた。

そして三ヶ月近く過ぎた一月末頃、職場で突然倒れて市立寒河江病院に入院した。

フラフラする症状が続き、いろんな検査を受けたが原因は分からず、職場に復帰したのだったが症状は治まらなく、心配した梅之は四月初め、寒河江病院の医師に紹介状を書いてもらい、嫌がる勇吉を連れて県立山形病院へ行ったのだった。

担当した医師は、検査入院するようにと言い、明日から一週間の入院になると告げた。

梅之は病院へ行って何かする訳ではなかったが、やはり心配で一週間、五時過ぎまで病

室にいて、それから帰ってくる日を送ったのだった。

そして検査入院が終わり退院したが、内臓も心臓も異常なしの診断結果で、病気の原因は分からないままで医師は、

「申し訳ないが当院では特定できませんでした。入院中もフラフラを訴えていましたし……仙台の病院紹介しますから診て貰ったらどうですかね」

と言った。

「いぎだぐないっちゃあ（行きたくない）そんなとごまで（そんな所まで）……」

と弱気な勇吉に、

「フラフラすんだべ、みでもらって（診て貰って）直すしかないべよ」

と必死に励ます梅之。

「そうよ、行くべきよ」

と陽子。

そして黙って聞いていた信一が、

「んだ、やまがだでわがんねがったんだがら、仙台さ行ぐしかねえべよ」

と言ったらその言葉が胸に刺さったのか、治療を受けて完治させようと自分に言い聞かせた勇吉は、仙台行きを決心したのだった。

山形の医師からは四月二十六日の月曜日に行くように言われ、信一が学校を休んで梅之と一緒に行く事になり、左沢線で山形まで行き、仙山線で仙台へと向かった。

完全看護なので二人は帰ってきたが、信一から聞いた話では、行く途中の電車内で一回倒れたみたいで、幸いすぐ意識は戻ったらしかった。

勇吉の治療は、山形の病院同様、病名を特定するための検査、検査の毎日で、今のようにＣＴやＭＲＩが無い時代、病名が特定されたのは実に三ヶ月後の八月十八日で、主治医から告げられた病名は脳腫瘍だった。

今までの経過から推測されるのは、歯の治療をした時何らかの菌が入り込み、悪さをして結果的に脳まで行き、腫瘍が出来たのではないかと言う話だった。

「どういう病気なんだべ、その脳なんとか言うのは」

と、戸惑う梅之に、

「分かりやすく言いますと、脳に出来たこぶ、でき物です」

でも、と医者は続けた。

「森本さんの場合、ちょっとやっかいな事に癌化してるんですよ、こぶが……場所も手術が難しい所にありまして……」

と、造影剤で白く映ったレントゲン写真を見せながら話すのだった。

「……」

言葉が出てこない梅之に向かって、

「ですので、治療としては放射線投射と言う事になります」

「それで……良くなるんですか？」

「……はっきり申し上げて、進行を遅らせるだけで完治は難しいです」

と医者ははっきり言い、本人に告げるかはご家族次第だと言った。

梅之は、嘘を言っても仕方ないと思い、告げてくださいと頼んだら、少しして看護婦に支えられ勇吉がやってきた。

医者は、脳に腫瘍があり、それが癌である事と手術が出来ない場所にある事を告げ、最後に梅之に言った事と違うことを話した。

「治療として放射線を充てる方法をとりますが、それによって癌が小さくなったり、もしくは消滅する事を期待したいと思っていますので一緒に頑張ってやりましょう」

癌と聞いた勇吉は一瞬驚いた表情を浮かべたが、やっと吐き気やフラフラの原因が分かり、又医者から前向きな言葉をかけられて何となく希望が沸いてきた様子だった。

そして、

「頑張りますから、宜しくお願いします」

と医者に頭を下げた。

「あんた頑張ろうね」

梅之が呟いた。

病室へ戻る勇吉にすぐ行くからと言い、診察室に戻り医者に問いかけた。

「先生、今の話……本当なんですか？　治るんですか？」

「奥さん、患者さんに前向きになってもらう為には必要な嘘もあるんですよ。察してください……」

「はあ……よろしくお願いします……」

一礼して病室へ戻ると、気持ちがすっきりしたのか、少し明るい表情の勇吉が、

「頭の癌だってよ。やっつけてやんべよ」

と笑いながら言うのだった。

こうして勇吉の治療が始まったのだが、医者は分かっていたんだろうけど、その治療は想像を絶する苦しいものだった。

徐々に髪の毛が抜け落ち、副作用なのか、吐き気、目まい、だるさにみまわれ、みるみるうちに痩せ細っていき、約十ヶ月治療が続いたのだが、やはり効果はみられなかった。

俊夫も何回か病院へ行ったが、行き帰りの時間の長さもそうだが、六人部屋の病室の雰囲気や病院独特の臭いも嫌で仕方なかった。

昭和四十一年三月、陽子は左沢高校を首席で卒業し、東京のホテルニューオータニという所へ事務員として就職したのだったが、病院通いでお祝いもしてあげられないと梅之は嘆いて送り出した。

七月二十三日、梅之が医者に呼ばれ、

「これ見てください」

と、一枚のレントゲン写真を見せられた。

それは、検査入院の時よりも梅之が見ても分かる位、影が大きくなっていた。

「良くないんですよ。むしろ悪くなってるんで……」

「……どうすれば……」

「治療も苦しそうですし、自宅の近くに転院しますか……」

「？」

「はっきり申し上げて手の施しようがないので、お金のこともあるでしょうし、子供さんの近くで最後を過ごせばと……」

梅之の顔を見ながら静かに医者は話しかけたが、あまりに予期しなかった話に呆然とする梅之だった。

まして、手の施しようがないなんて言われて、どうしようと思いながら病室へ行くと、

「医者、何だって？」

当然のように勇吉に聞かれ、

「……うん、寒河江の病院さ移って治療するかって……」

「んだがあ、お前もここ来るんだって大変だしなあ、家さ帰りたいよ」

「家ってのは無理だべよ。近ぐの病院さ、うずっか（移るか）？」

勇吉は即座にうなずいた。

こうして寒河江の中規模病院、岡本医院に転院したのだった。

入り口入ってすぐ左側の個室があてがわれたが、治療と言っても、栄養剤投与、痛み止めのモルヒネ注射などで、積極的な治療をする訳ではなかったが、梅之は付きっきりで看

病にあたった。

勇吉の、そばにいてほしいと言う願いを叶えるため、昼間、家へ戻り家事を済ませ、又病院へ戻って寝起きを共にするという生活を繰り返していて、梅之の疲れもピークに達していた。

ある日、寒河江営林署の上司の人がお見舞いにやってきて、勇吉の痩せ細った姿を見て絶句した。

そして帰り際に、

「奥さん、大変だね……私から大きい声では言えないんですけど、森本さんがあと一年持ってくれれば恩給付くから頑張ってもらいたいと思って……」

「？」

その言葉の意味が理解できない梅之だったが、勤続年数によって貰える遺族年金が増える話だった。

後日、上司の言葉を理解した梅之は、

「先生、何とか来年いっぱいは生きてるようにお願いしたいのですが……」

とお願いしたのだったが院長は、

「医者としてやれる事はやりますけど、後は本人次第ですから……」

と、当たり前の話をするだけだった。

信一は左沢高校の一年生、俊夫は寒河江中学校一年生、勇喜夫は小学三年生になっていたが、勇吉が転院してきても脳天気な俊夫は、殆ど病院へ行くことなく勉強そっちのけで洋楽に夢中になり、三橋美智也からベンチャーズ、ビートルズへと嗜好が変化していっていた。

勇吉は公務員だったから、入院してても毎月給料は出ていたが、入院費や信一の授業料などで家計は決して楽ではなく、当然小遣いなんてもらえなくて、俊夫はどうしてもレコードプレーヤーが欲しくてアルバイトをしようと決心し、新聞配達を、朝夕やる事にしたのだった。

朝は五時起きで七時頃までやり、夕刊は三時半から配る、地元の山形新聞だ。

朝、販売所へ行くと、おじさんが折り込みチラシを新聞に挟んでくれていてすぐ配達に向かえたので助かったけど、雨の日は大変だった。

今のように薄いビニールなんて無かったから、なにしろ濡れないように注意したが、ほとんど濡れた。

でも、その頃の人は寛大だったのか、濡れた新聞でも文句を言う人は殆どいなくて逆にがんばれと励まされたのだった。

雪が積もった時は特にしんどい。

自転車が動かないから、販売所を何往復もして重い新聞を歩いて配ったし、ひどい吹雪の時とかは、勇喜夫に手伝ってもらう事もあった。

こうして月六千円手に入り、ポータブルレコードプレーヤー、一万四千円、三ヶ月働いてやっと手に入れた。

最初に買ったレコードは、ベンチャーズの『秘密諜報員』と、サイモンとガーファンクルの『アイアムアロック』だったが、今で言うドーナツ盤で、実にいい音だった。

ある日、

「父ちゃん、お前らに会いたがってるから、日曜だげでいいから会いに行ってけろな」

と梅之に頼まれた。

勇吉の容態がかなり悪くなっているみたいで、信一は日曜、最低一時間位は病室にいたみたいで勇吉は喜んでいたらしい。

でも中学生になったばかりの俊夫はラジオに釘付けになっていて、この年の六月にビートルズが来日した事もあり洋楽に夢中で、特に日曜午後の文化放送、みのもんたの洋楽TOP20はどうしても聴きたい番組だった。

でも母に頼まれた手前仕方なく、自転車で岡本医院へ行ったのだったが、病室へ入ると梅之が使う布団が隅に置いてあり、足の踏み場もない状態だった。

「トシ……よぐ来たな……」

痩せ細り、目だけがギョロンとしている勇吉が、か細い声で言う。

「ウン、大丈夫だがやあ」

精一杯の言葉をかけると、

「突っ立ってないで座れちゃ」

と、梅之。

『ええっ、ここに?』俊夫の心の声。

勇吉が薄笑いを浮かべながら俊夫を見ているが、息苦しくなった俊夫は、

「まだくっから(来るから)頑張ってな」

と帰ろうとすると、

「なんだっちゃ、来たばっかりで……」

背中に梅之の声。

「すぐ勇喜夫来るがら」

と、とっさに言った(あいつ遊び行ってたから、来るかどうか分からないけど……)。

微笑みながら黙っている勇吉に、バイバイと手を振って部屋を後にし、

「フウッ」

と、ため息をつく俊夫だった。

あの病室の雰囲気や匂い、バチ当たりだが、TOP20は聴きたいし、日曜が憂鬱で仕方なかったが、そんなこんなで時は過ぎ、年が明けた昭和四十二年。

勇吉は徐々に食事が喉を通らなくなり、栄養剤の注射と、口に入れるとすぐ溶けるマコロンとかいうお菓子しか受け付けなくなっていた。

俊夫が中学二年になった五月二十二日の朝六時過ぎ、ガラガラと玄関の戸が開く音がして、何を思ったのか、

「父ちゃん帰ってきたんだが」

と、思わず叫んだ。

でもすぐ後に、何馬鹿な事言ってるんだ、帰ってくるはずないじゃないかと布団の中で苦笑いする俊夫だったが、それから少しすると高橋商店のおじさんが息を切らせてやって来た。

「今お母さんから電話あって、お父さんなぐなったって（亡くなったって）。伝えでけろって言われて……」

フウフウ言うおじさんに一瞬驚いた様子だった信一が、

「わがりました。ありがとうございました」

と礼を言った。

各家庭に電話が無かった時代、近くの高橋商店が頼みの綱だったのだ。

「今日、学校行がねべなは……チョット病院さ行ってくる」

と言い、信一は自転車で病院へ向かったのだったが、今日から中間試験が始まる俊夫は、不謹慎にも、内心ラッキーと思った。

何とバチ当たりな子供なんだろう。

それにしても、朝玄関開ける音がしたのはなんだったんだろう、家に帰りたくて子供に会いたくて魂だけ来たのかなんて事を勝手に想像する俊夫だった。

信一が病室に入ると、疲れた様子の梅之が座っていて、勇吉の顔には白い布が掛けられていた。

「死んだんだあ……」

静かに目を腫らした梅之が言った。

信一は白い布をそうっと外し、合掌した。

ガリガリに痩せ細っていたが穏やかな顔だった。

台風の濁流にも流されず、九死に一生を得て周りから、

「勇吉さんは運が良いから、長生きするぜよ」

と言われていたが、昭和四十二年五月二十二日、四十七歳の若さでその生涯を閉じた。

恩給が増額になるまで、あと二ヶ月だった。

こうして俊夫は、少年時代に身近な人の死を経験し、青春期を迎えようとしていたが、

梅之は梅之で、夫を亡くした悲しみに浸る暇もなく、女手一つで信一、俊夫、勇喜夫を育てていかなくちゃならないという、過酷な現実に立ち向かおうとしていたのだった。

本編（俊夫）

大きな岩の上を滑らないように、チョコチョコ小股で下りていった。

そして、ゴロゴロした大小の石がずうっと続く最上川の片隅で寝っ転がるのが、俊夫の学校帰りの過ごし方だった。

どこまでも続く真っ青な空、ザーザッザーと繰り返す波音、目を瞑ると、なんともいえない匂いと心地よさで、いつしか眠りの世界へ吸い込まれていく。

「どごさ行ってるんだ？　いつも」

帰ると、内職のなめこの根っこ切りをしている母、梅之の声が聞こえてきた。

「うん、ちょっと川原へ」

「早飯食って営林署さ行くべ」

母の声が背中に刺さる。

「うん……」

勇吉が死んだ後、営林署の清掃をさせてもらって家計の足しにしていたので、七時には着かなければならなかったから、冷や飯に茄子漬けの夕飯をかき込んで、六時半には家を出る毎日だった。

勇喜夫を残し三人は、焦げ臭いワックスの匂いがする木床で、持ってきたズックに履き替え、ドアノブを回して中に入った。

「今晩は、掃除させてください」

梅之はぺこりと頭を下げて所長さんの机から掃除を始め、信一と俊夫は、お辞儀をしたかわからない位の仕草でゴミ箱のゴミを集めていった。

一階のフロア十三台の机と床の掃除は三十分程度で終わったが、俊夫は残業で残っている人がいるかいないか、毎日憂鬱でたまらなかった。

残っている人に、

「ご苦労さん」

などと言われると、なぜか同情されているみたいで嫌だったのだ。

月曜から金曜はそんな訳で夜の過ごし方は決まっていたが、土曜は四時に営林署へ行く事になっていたので、俊夫は河原でのんびりすることが出来ず、雨でも降ればいいのにと思ったりするのだった。

しかし微々たる遺族年金で、県立とはいえ高校へ通う信一と中学の自分、それに弟を養っていくのは大変な事で、洋裁やなめこの根っこ切りをしている母を見ると何も言えず、黙って営林署へ向かうしかなかった。

中学三年になった俊夫は進路を決めなきゃならなくなっていたが、一方信一は、寒河江の日産プリンスに就職が内定していて、最後の高校生活を楽しんでいる様に見えた。

特に成績が優秀な訳でもない俊夫は、最上位の普通科、寒河江高校は無理なので、必然的に自転車で通える寒河江工業高校を受験する事になっていた。

家計の事情で、電車を使っての通学は選択肢になかったのだ。

「トシ、工業一本で、ダメだったら叔父さんに使って貰って山で木い切りして働くんだぞ」

梅之が諭すように俊夫に語りかける。

「ああ」

漠然とした、働くと言う事を理解できない俊夫は生返事をするだけだったが、この時代、中卒で働き始める事は、特に田舎ではごく普通の出来事だった。

叔父さんとは母梅之のすぐ下の弟で、柳川で林業をしていて、詳しくは知らないが戦争の影響なのか左足が少し不自由で、なんとか手当を国から貰っていると聞いた事がある。

「少し勉強したらいいんじゃないかあ、掃除、信と二人で行くから」

十月に入って、少し寒くなってきた頃、梅之に言われた。

「ああ、少しやっかな」

やる気などないけど掃除に行きたくない俊夫は、参考書を広げながらそう答えた。

母と信一が出かけた後、ごろりと寝転んで、寒河江工業高校落ちたら木こりかあ、それもいいかななどとのんきなことを考えたりするのだった。

勇喜夫は側で漫画を読んで笑っていた。

梅之の弟、今野繁美は、勇吉が死んでから、いわば父親代わりをしてくれていて、よく来ては小遣いをくれたり、酒を飲んだりして帰る事がよくあった。

柳川という所まで小一時間車で帰るのだが、飲酒運転どころではないベロベロで、その上あの不自由な足なのに、よく事故も起こさないなと感心したもんだ。

「トシ、高校受かったら腕時計買ってやっからな。がんばってみろ」

ある日、いつものように酔っ払った叔父さんがそう言った。

「んだがあ。がんばってみっぺえ」

中三にもなると学校に時計をしてくる奴もちらほらいて、俊夫もほしいと思っていたところだった。

能力的には、普通科の寒河江高校を受けたらギリギリ当落線上、工業高校だったら上位合格の実力だと中学の担任は言っていて、工業高校にある機械科、電気科、土木科の中から漠然と、機械科を受験する事にしたのだったが、試験当日は、大丈夫だろうという周りの声とは裏腹に、ドキドキ緊張の俊夫だった。

当時の合格発表は、今では考えられないが、なぜかラジオで合格者の名前を読み上げるのが恒例で、夜七時から山形放送で読み上げが始まった。

母、信一と俊夫、勇喜夫、それに繁美叔父さんがワイワイ夕飯を食べていたその手を止め、アナウンサーの声に聞き入った。

「それでは、昭和四十七年度、寒河江工業高校、合格者の名前を発表します」

落ち着いた低いアナウンサーの声がインスタントラジオから流れてきた。

機械科、電気科、土木科の順に読み上げられ、俊夫は息を殺して聞き入った。

そして、

「三十二番、もりもととしお」

と読み上げられた。

「よしっ」

今で言うガッツポーズだ。

「えがったなあ」

梅之。

「うん、えがった。えがった」

と、叔父さん。

無言で笑顔の、信一と勇喜夫。

「これ、おめでとう」

と言いながら、叔父さんが何やらリボンで包まれた小さな箱を差し出した。

「トシなら間違いないと思って買ってきてたんだ」

俊夫はお礼もそこそこにリボンを外し、しっかりした濃い紫のフェルトの箱を開けると、まばゆいシルバーの腕時計が現れた。

落ちる事はないだろうとは思っていたが、働かなくていいし腕時計も貰えたし、ハッピーハッピーな俊夫は、こうして寒河江工業高校に入学したのだった。

機械科は一組と二組があり、俊夫は一組で、登校初日に保健委員を命じられた。

色々な所から通ってくる訳で、最初の役職は、入試の結果を参考に学校側で決めるのが慣例で、役職に就いた俊夫は、やはり上位合格だったのだ。

クラスの中でも暗黙了解の形として、学級委員の原田君、生活委員の今井君、保健委員の森本君は一目置かれる存在となった。

保健委員になった事で、毎日の学園生活にハリが出てモチベーションが上がったかと言えばそんなことはなく、相変わらず、暇があれば最上川の河音を聞きながら、うとうとするのだった。

俊夫の唯一の趣味は音楽で、中学の頃からなぜか洋楽かぶれで、訳もわからず、ビートルズやローリングストーンズ、ベンチャーズを聴きあさっていた。

特にベンチャーズの『秘密諜報員』がお気に入りで、ドーナツ盤がすり切れるんじゃ無いかと言う位、聞き入っていた。

水曜日の午後、製図の授業があり、いい加減な教師は、ある図面をトレースするように言い残し教室を出て行った。

この授業ではよくある事だったので、皆思い思いに漫画を読んだり、お菓子を食べながらだべったり、やりたい事をやり始めた。

俊夫は、いつもトランジスタラジオを用意していたので、イヤホンを耳に当てトレースを始めたら、渋谷陽一のいつもの声で洋楽が流れてきて、次の曲は……と言って流れてきた曲に、頭を棒で殴られたような衝撃を覚えた。

その曲は、サンタナの『ブラック・マジック・ウーマン』だった。

ベンチャーズで、エレキギターの音色を心地よく感じていたけど、カルロス・サンタナの官能的な切ない音、聞いたことのないパーカッション、グレッグ・ローリーの物悲しい歌声に、鳥肌が立つような衝撃を受けたのだった。

　勿論、初めて聞いた日にそんな詳しい事を知る訳もなく、トレースもそこそこに、渋谷が言ってた「サンタナ、サンタナ」と忘れないよう図面の隅にメモしたのだった。

　授業が終わった後、この日は河原に行く事はせず急いで家に帰り、机の引き出しから財布を取り出すと自転車に跨がり、石山楽器店を目指した。

　その楽器店は寒河江の繁華街の外れにあり、そんなに大きくはないが楽器とレコードを扱う店で、サ行サ行と小さく唱えながらドーナツ盤を探したが……ない。

　引っ込み思案な性格だったけど意を決して、

「ブラック・マジック・ウーマンってレコードないっぺが（ありませんか）？」

　とおじさんに聞いた。

「ん？　聞いたごどないなあ、問屋さ聞かねえとわがんねえや」

「待ってるがら聞いてけねか」

　俊夫は必死だった。

　店の小太りのおじさんは、ギロッと俊夫を見ながら黒電話を手に取り、どこかへダイヤルしたのだったが、電話の相手も何かを探しているようでしばらくすると、

「んだがあ、わがった、まだ電話すっから」と言って受話器を置いた。

「サンタナってアメリカのバンドで、アルバム出だばっかりだって。その中にそのブラック何とかってのが入ってるんだってよ。ドーナツ盤は出てないみたい。今日頼んだら土曜

に届くけどどうする？　二千円」

とっけんどんに言われ、

「頼んでけろ」

と即答したのだったが、そのレコードが届くまでの三日をなんと長く感じた事か。聴きたい聴きたいと思いラジオを手にしても、土曜まであのブラック・マジック・ウーマンが流れてくる事はなかった。

俊夫は楽器の経験はなかったが、高校の方針で何かしらの部活に入らなければならなかったので、ブラスバンド部に入っていた。

その中で何故かテナーサックスを担当する事になったのだったが、そんなに積極的ではなかったから上達するはずもなく、マーチ（錨を上げて）が唯一得意な曲だったけど、サックス特有の聴かせどころ、ビブラホーンがうまく出来ず、顧問の先生の指導にも嫌気がさし、部活欠席を度々する様になっていた。

土曜は部活が最も活発に活動する曜日だったけど、そんな事お構いなしに、授業終了と同時に石山楽器店へ急行した。

小太りのおじさんはいなくて若い男の人がいた。

「予約していた森本だげどレコード届いたっけがや？」

「うん？　……ああ、来たっけ」

そう言うと、奥からアルバムを持ってきた。

ギョッ。

何というジャケットだ。

きらびやかなイラストの中央に、裸の黒人女性が胸もあらわに映っているではないか。

俊夫は、サンタナが何者で、どんなバンドなのか詳しい事など何も知らず、ただブラック・マジック・ウーマンだったので、ジャケットを見て赤面してしまったが、

「んだ、これだっす」

と冷静を装い二千円払って自転車で急いで帰り、さっそくレコードに針を落とした。

なんだこりゃ、遠くからだんだん大きくなってくるパーカッション、ベース、泣きのギター『風は歌い、野獣は叫ぶ』そしてブラック・マジック・ウーマン、ジプシー・クイーン、ぼくのリズムを聞いてくれと続く。

虜になった俊夫は、勉強や部活、はたまた最上川の河音など眼中になくなり、ただただサンタナ、サンタナの毎日になっていったのだった。

二年生になると現実は顕著に表れ、サンタナ、サンタナの俊夫は保健委員は降ろされ、中間・期末試験とも赤点が多くなり、進級出来るのか不安になっていた。

「まあ偉いな、勉強か？」

何も知らず梅之が言う。

営林署の掃除を終えた後の自宅での事だった。

「うん、難しくてよお」

赤点で三年になれないかもしれないなんて言えないし、許される事じゃないとも思ったが、なんと追い打ちを掛ける様に、サンタナの次のアルバム、サンタナⅢが発売されると聞いてしまい、またまた勉強どころではなくなってしまった。

その頃になるとサンタナに関する知識も増えていき、今度のアルバムには、十七歳の天才ギタリスト『ニール・ショーン』が参加しているらしいと聞き、発売が待ち遠しくて仕方なかった。

そして遂に発売。

なんと又、訳のわからないジャケットだ。

脳みそや骨が透けて見える「宇宙人？」の手から放たれた光線と、大きな亀の背中に乗るマンモスが巨大なマウンテンを支えてると言う訳のわからない事が、逆に曲への期待を膨らませた。

凄い、何という圧倒感、躍動感だ。

聞き終えた俊夫は、しばらく呆然として動けなかった。

俗に言う鳥肌ものだ。

「孤独のリズム・タブー・祭典・グアヒーラ・愛がすべてを」

圧倒され、前のアルバムより数段良いと思った。

しかし夢の話はここまでで、現実が容赦なしで襲いかかってきた。

二年から三年への進級の目安になる期末試験の結果が最悪で、何が辛いかと言えば、親が呼び出しを受けた事だった。

　土曜日の午後、担任の設楽先生の所へ来る様に言われた。

「なんだずう、トシ、悪いごとでもしたんだがあ」

　理解できてない梅之が俊夫に問いかけた。

　どうせわかってしまうと思った俊夫は、

「三年になれねえかもしんねえんだ」

　とつぶやいた。

「あん？」

　と言っただけで梅之は黙ってしまった。

「留年なんてさせられねえから、ダメだったら辞めで働ぐんだな」

　そばで聞いてた信一がポツリと言った。

　日産プリンスに就職していた信一は、自分が口下手で引っ込み思案な性格だと分かっていたから、面接の時整備の方を希望したら、なんと一番嫌いな営業に回されて、二年間で契約した新車は、当然というかゼロだった。

　営業実績を上げられない信一は上司に叱責され、仕方なく繁美叔父さんに頼んで、スカイラインのロングボディーを買って貰ったばかりだった。

　会社としては保険の勧誘員と同じで身内に保険加入してもらう為、信一の場合は身内に新車購入して貰うため営業に送り込んだんだ、世の中とはそういうものだと俊夫は分かった様な事を感じていたが、信一だって分かっていたはずだと思った。

信一の言葉を聞き重苦しい空気が流れて、俊夫は暗くなった表へ出て空を眺め、進級できないなんて事はないだろうとタカをくくっていた自分を責めた。

「森本君のこの成績では進級難しいですね」

案の定、厳しい言葉が設楽先生の口から飛び出した。

「一科目じゃないんですよ……三科目赤点ですからね」

容赦ない言葉は続く。

すると、黙って聞いていた梅之が口を開いた。

「んだがっす（そうですすか）先生。知ってっがわがんないけど、毎日夕方さなると営林署の掃除さ連れでってるんで……俺が悪いんだべ。何とがなんねえべがっす」

「……そうなんですか。いや、お母さんに来て貰ったのは、この現実を知ってるかどうか確かめる意味もあったんですよ。家へ帰っても成績の事を家族に伝えない子供もいるのでねえ……お母さんは俊夫君の成績の事、知っていましたか？」

「はい、進級できないかもと聞きました」

「そうですか、ちゃんと話してたんですね。わかりました。でしたら赤点の三人の先生には私からなんとかお願いしてみますので……森本君、少しキツい毎日になるかも知れないけど頑張ってみっか？」

「はい、宜しくお願いします」

俊夫はすかさず即答した。

信一は、叔父さんがスカイラインを購入した後、それまで乗っていたブルーバードのバンを譲り受け足代わりに使っていたので、その日は梅之を学校まで送り届けて待っていた。

「どうだったや？」

信一が梅之に聞いた。

「なんとかしてけるって」

ぽつりと梅之は答えた。

「んだが、まあえがったなトシ、頑張ってみろ。……それはそうとよ、言いづらいんだけど俺会社やめっかなと思ってるんだ」

突然、信一が言いだした。

二年間で売れた車は叔父さんのスカイライン一台だけで、営業の仕事に絶望し始めていたのだ。

「んだなあ、仕方ないなあ」

梅之も、このままじゃしょうがないと思っていたので、

「そう言えば、葛飾の伯父さんから、知り合いが海苔の養殖やってるがら、誰か手伝う人いないがって言ってきたっけ。そっちさ頼んでみっか？　営林署もやめっぺはあ」

信一は、働き初めてから毎日営林署の掃除に行けてた訳ではなく、その時は俊夫と二人で行ったし、勇喜夫を連れて行く事もあり、俊夫が行けない時は、梅之と勇喜夫二人で行

く事も何度かあって、そろそろ限界だったのだ。

「うん頼んでけろ。東京さ行って少し仕送りすっから」

信一はこの二年間、給料から（一万円）母に渡していた。

俊夫は後部座席で、ボンヤリ表の景色を見ながら黙って二人の会話を聞いていた。

二月初旬、うっすらと雪が降ったある日の夕方繁美叔父さんがやって来て、俊夫は、又酒飲みが始まるのかと少し憂鬱だった。

それというのも酒癖があまり良くないからで、酔うとケンカ腰になって大声を上げたり、あまりいい感じの酒飲みではなかった。

いつもの母の手料理と違い、刺身や寿司などご馳走が並んでいて、俊夫は何の祝いだろうと思ったが、信一を送り出すお祝いだなとピンときた。

繁美叔父さんが一升瓶からコップに酒を注いで、掲げながら言った。

「シン、頑張って働いてこい。こっちは心配しなくていいから」

そして、チョビッとコップに口をつけた。

「うん、ありがとうっす、トシたちの事よろしく頼むっす」

下戸で一滴も酒が飲めない信一は、サイダーのコップを掲げながら言った。

「身体気いつけて、ダメだったら帰ってこいなあ」

うっすらと涙を浮かべて梅之が言った。

こうして信一は、葛飾の伯父さんの所へ行ったのだった。

葛飾とは、死んだ勇吉の一番上の兄で、大宮、品川、勇吉と男ばかりの四兄弟だった。

そんな信一のバタバタと時を同じくして、俊夫は進級へ向け三科目の補習を受けた後のレポート作成、梅之は、山ほど洋裁のセーターを抱えて内職を忙しくこなしていた。

三月に入ると設楽先生の口添えも有り、なんとか三年に進級できたのだった。

そして四月の中頃、今度は長女の啓子が大きなお腹で、夫の池野忠と長男の忠義を連れてやってきた。

七月が出産予定で、三歳の忠義がいるから寒河江の病院で産むとの事で、お世話になりますと忠は母に頭を下げ、次の日帰っていった。

静かだった森本家は、三歳の忠義が加わり、一瞬にして賑やかになったのだった。

寒河江工業高校の卒業後の進路はほとんどが就職で、三年になると同時に進路相談が開かれるのが常で、

「森本、お前どうすんだ」

一年から三年までずっと担任の設楽先生。

「漠然としてわがんねえけど、俺、字ぃ書いたりすんの好きだから、出版社みたいなとこ行きたいんだけど……」

珍しく、言いたい事をきちんと伝える俊夫だった。

見かけによらず、たまにある学内の作文コンクールに応募すれば必ず入賞していたし、その事を理解していた設楽先生も、

「んだが、当たってみんべが」

と言ってくれて面談は終了した。

そんなある日、寒河江病院で定期的に産婦人科の診察を受けていた啓子が、夕飯を食べた後、お腹が痛くなってきたと言い出した。

陣痛だ。

「今から行くかあ？」

と聞くと、余っ程辛いのか行くと言うので、これは大変だと梅之と急いで支度した。

俊夫は五月の誕生日に、繁美叔父さんからお金を出してもらって普通免許を取ったばかりで、時々信一が置いていったブルーバードを動かしていた。

痛くなってきたと言う啓子を車に乗せ、梅之と出ようとした時、忠義も行くと駄々をこね始めたが、皆急いでいたし、とても連れて行く雰囲気じゃなかったので、

「ユッキ忠義頼む」

と言い残し、車を出した。

寒河江病院の救急入り口から啓子を支えて中に入り、看護婦に事情を説明したら診察室へ連れて行かれた。

「痛い、痛い」

「痛くて良いのよ、良いのよ」

と薄い壁の向こうから、啓子と看護婦の声が聞こえてきた。

当直の先生の診察を受け、熟練した看護婦から梅之に、入院ですがすぐには生まれないから一旦帰って出直すように言われ、二人は自宅へ戻ったのだったが、もう十一時を回っていた。

「あら明かりついてる」

と梅之が言う。

車を降り玄関に入ると、シクシクとすすり泣く声が聞こえてきた。

障子を開けると、布団をかぶった勇喜夫と、その横に、正座をしてすすり泣いている忠義がいた。

「タアちゃん、どうしたの？」

梅之が近づいて抱き寄せると勇喜夫が布団から顔を出して、

「ママ、ママって泣き止まないんだ。行く、行く、行くって。もう、いやんなっちゃうよ」

と言って、又布団をかぶってしまった。

「可哀想にねターちゃん。ママは赤ちゃん産むから今日は病院でお泊まりなのよ……ばあちゃんとねんねしようね」

と梅之が言い聞かせると、しばらく泣きじゃくっていた忠義は、疲れ果てたのか梅之と眠りについたのだった。

生まれたのはその二日後だったが、その後も皆、忠義に振り回された。

朝、自分のリュックにおもちゃやバナナを詰めて、ルンルン気分で俊夫の運転する車に乗り込み病院へ向かったのだったが、そろそろ帰ろうと言うとメソメソし始め、家へ帰っても、疲れて眠るまで泣きじゃくっている毎日で、皆もほどほど参ってしまった。

梅之は梅之で病院へ向かう車の中で、ブツブツ何か呟いている。

何を独り言、言ってるのかと耳をダンボにすると、

「南無阿弥陀仏、南無阿弥陀仏」

なんと、免許取り立ての俊夫の運転が心配で、念仏を唱えていたのだ。

失礼だなと少しムッとしたが、それで安心するなら言わせておこうと、知らんぷりして神対応する俊夫だった。

こうして次男の義宜が無事生まれ、しばらく養生した後、啓子達は品川へ帰って行き、嵐の後の静けさにほっとする、梅之・俊夫・勇喜夫だった。

三年に進級出来てからも、夏に実施した中間試験の成績は相変わらず芳しくなかったけど、二年の時の様に目くじらを立てて叱責される事もなく、就職活動に躍起になってくれる教師達だった。

同級生は、地元の機械工場や繊維工場、自動車整備会社等に内定する人も出てきていたし、俊夫は俊夫で、就職課にある分厚いファイルをペラペラめくっては出版社を探すのだったが、工業高校の求人票に出版社は皆無だったし、当然だよなとも思った。

そして、十月に入ってすぐの面談。

「森本、先生も色々当たったんだけど出版社ってのは難しくてな。んで印刷会社だったら

来てるけどどうだべ」

と言って、薄っぺらい冊子をテーブルに置いた。

印刷会社？

考えてもいなかったし、あっけにとられたが、いつの間にか冊子を手にしていた。

「印刷会社さ行っても、もしかしたら物書いたり出来んじゃないかなあと思って……先生これが精一杯だあ」

冊子を見てる俊夫の耳に、設楽先生の声が響いた。

『〇〇印刷株式会社』

四ページ程の、綺麗なカラー写真のパンフレットに映る会社の全景は、たいそう立派にみえた。

心の中で、出版社なんて到底無理だとわかっていた俊夫は、

「そこでお願いします」

と即答した。

そして十一月に入ると、面接日が学校に届いた。

十二月十五日、八時十五分、山形駅発の汽車に乗り、上野駅に着いたらホームで待っているよう記されていたが、一人で東京へなど行った事がなかったから不安だったが、

「全部終わったら、池野さん迎えに来てくれっから一晩姉んとこさ泊まってこい」

と梅之に言われた。

池野一家は、品川の叔父さんのすぐ近くの長屋に住んでいて、旦那は建設関係のサラリーマンをしていた。

左沢線の寒河江駅から山形まで約四十分、詰め襟の制服を着た俊夫は、ぼんやりと車窓を見ていた。

何を聞かれるんだろう。

先生は、模擬面接みたいな事をしてくれたけど……。

「なぜ我が社に就職したいのか？」

「印刷業界の中核にあり、将来に希望が持てるからです」

「夢、希望は？」

「活字になった出版物を手にした時、自分が係わったことに誇りを持つ事です」

山形駅に着くと、もう一番線に上野行きの汽車が止まっていて、俊夫は急いで乗り込んでそれほど混んでない自由席に腰掛けた。

上野駅に到着したら、ホームに降り立った学生服の人は他におらず、すぐに後ろから、

「あのう、寒河江工業高校の森本さんですか？」

と眼鏡をかけた、四十代後半ぐらいの人が近づいてきた。

「はい、森本です」

「ああよかった、すぐわかって。○○印刷人事部の小川です。長旅で疲れたでしょう」

「うん」

「じゃあ、会社行きますね。板橋区の成増という所です」

そう言うとさっさと歩き始め、俊夫はだまって後を追い、池袋で東武東上線に乗り換えた。

東京で切符を買うのは初めてで不安だったが、小川さんが買ってくれたのでホッとした。平日の昼間なのに立ってる人が多く、二人は揺れの激しい車両の端っこで吊革につかまった。

一通り汽車の中での事や、東京に着いた感想などを聞いていた小川さんが、突然、網棚の上に張られている広告を見ながら、

「この米、露、仏ってアメリカ、ロシア、フランスだよね。じゃあその下の西語って、どこの国だかわかる？」

と尋ねてきた。

その広告は、いろんな国の会話を教える教室のもので、米……最後に西語と書かれていた。

わかるはずがない俊夫は、静かな車内で、周りの人たちが何て答えるのか固唾を呑んでいるのを感じつつ、

「わかりません」

と答えた。

「スペイン語だよ。難しいよね」

と、小川は笑いながら両手で吊り革をグイッと引き寄せて言った。

車内は、レールの継ぎ目を通過するガタンゴトンの音だけが響きシーンとしていて、俊夫はとても恥ずかしくなって早く着かないかなと思った。

成増に着くと小川は、足早に改札を出て、

「五分位歩くから」

と言い、駅前から続くなだらかな坂道を下りていった。

道の両側には、小さな商店やらクリーニング店などが連なり、寒河江とちょっと違うなあ、ハイカラだなあと思った。

坂を下りきった交差点を左に曲がるとブロック塀がずうっと続き、その塀が途切れた所に会社の正門が見えてきた。

『〇〇印刷株式会社』

アルミかステンレスに書かれた、たいそう立派な横書きの看板で、その横にあるポールの上に、社旗がたなびいていた。

二階の小さな部屋に通された俊夫は少し緊張して、早く終わらないかなあと学生服の詰め襟に手を当ててゴクリとつばを飲み込んだ。

繁美叔父さんから貰った腕時計を見ると、三時をちょっと回っていた。

若い男の人に促され、第二会議室と書かれた部屋に入ると、

「どうぞ、座ってください」

あの小川さんの声に少しほっとして腰掛けた。

「では、少し話を伺いたいと思います。私の隣にいますのが大橋人事部長です。部長お願いします」

「はい、小川課長から紹介された人事部長の大橋です。遠い所、ありがとうございます。履歴書を拝見しますと、お父さんを亡くされていて、県立高校進学と頑張っているみたいですね。お母さんも苦労されてるんじゃありませんか？」

小川さんは課長だったんだと思いながら、

「はい、父が勤めていた営林署の掃除をしたり洋裁の内職をしたり、かなり苦労したので、僕が働いて少しでも楽をさせてあげたいなと思っています」

ボクである。

趣味や部活の事、友達や寒河江の街の事など一通り聞かれたが、設楽先生と練習した「何故我が社を……」の問いはなく、少し拍子抜けする俊夫だった。

小川課長から会社の概要などの説明を受けたあと人事部長が退席され、面談は終了した。

小川課長が、

「お疲れ様、じゃあこれから、社内と寮を見学して貰いますが、お兄さんが見えていますので一緒にお願いします」

と言う小川課長と部屋を出ると、小柄な男の人が立っていた。

「よお、トシ」

義兄の池野忠だった。

「ああ、どうも」

小川課長・池野・俊夫の三人は、立派な建物から表に出て、その先にある大きな建物に入っていったのだったが、それこそ印刷会社の中心、印刷工場だった。

輪転機とかいう大きな機械が三台と、その半分位の機械や小さな機械がそれぞれ四台ドカンと鎮座していて、ガタンゴトンと耳をつんざくような騒音が響き渡り、小川課長の口が動いているのはわかったけど何を言っているのか聞き取れなかった。

何十人という人が黙々と仕事をしていて、三交代、二十四時間操業との事で、ロッカー室、風呂場、食堂、そして最後に別棟の製版部を見学した。

製版部とは版を作る所で、いわば会社のエリート集団がいる場所だと分かった。

小川課長が、

「最後に、寝泊まりする寮がすぐ近くにありますので見て貰います」

敷地を出て、駅から来た道を三分ほど戻った左側の木板に筆文字で『〇〇印刷社員寮』と書かれた看板が、杭で地面に刺さっていた。

木造二階建ての古い建物に入ると、穏やかな老夫婦が出迎えてくれた。

真ん中に廊下があり、一階の左は十部屋の個室で、右側は管理人室、大広間、食堂、二階は左右とも個室だった。

「寝てる子もいるので静かにお願いします」

管理人のおじいさんに言われ、だまって三人は見て回った。

「三交代だと、これから起きて働きに行く人もいるからなあ」

わかったように池野が言う。

「そうなんですよ」

小川課長が相づちを打った。

こうして一通り見学が終わり、当たり障りのない挨拶を交わして小川課長と別れ、二人は成増駅へと向かった。

「俺少し前、光村印刷に勤めていたから、少しはこの業界の事わかるんだ」

池野が自慢げに言い、成増から池袋で山手線に乗り換え、品川駅に着いた。

薄暗い地下道を歩くのは初めてだったので天井が崩れてこないか不安で、知らず知らず早足になっていたが、地下から表に出ると車一台がすれ違える位の道路を挟んで、『おにぎり幸楽』と書かれた店にたどり着いた。

「ただいま」

と池野。

店の入り口にショーケースがあり、赤飯やおいなりさん、海苔で包まれたおにぎり等のサンプルが並んでいて、中には四人掛けのテーブルが二つあり、その奥の椅子に腰掛けていた割腹のいい中年の女性が立ち上がり、

「あらあ、俊夫君？　大きくなったわねえ。池野さん、ご苦労様」

勇吉の兄弟、長男葛飾、次男大宮、三男品川と品川の奥さんで、駅前でおにぎり屋をやっていたのだ。

「なんか食ってくかい？」

奥から頭の白い中肉中背の男の人がのれんを手でかき分けて言うのを見て、俊夫は無言でペコリと頭を下げた。

「いやあ啓子が待ってるから行きます」

池野がそう言って店を出た。

俊夫は、美味しそうなおいなりさんを食べたかったなあと思いながら池野の後に続いた。

店を出て少し歩くと人が通るだけの狭い路地にぶつかり、くねくねと曲がりながら家にたどり着いたが、寒河江では考えられない様な二階建ての小さな家だった。

部屋は一階二階とも一部屋だけで、一階は台所、便所があったので、部屋自体は四畳半、二階は六畳だった。

「ただいま」

引き戸の玄関をガラガラ開けて池野が入っていくと、忠義と、抱っこした次男の義宜、啓子が現れて、泣き虫の忠義は俊夫を見ると、すぐ側にやってきた。

少し休んだ後風呂へ行く事になり、池野、俊夫、忠義の三人は、石けんとタオルを持って銭湯へと向かった。

狭い借家には風呂が無かったのだ。

俊夫は風呂への行き帰り、品川となぜ親しくしているのか池野に尋ねた。

啓子は、元々葛飾の近くで豪邸の家政婦をしていたが、訳あって品川の伯父さんのところに身を寄せて、おにぎり屋で店番をする様になったらしい。

そして、品川の知り合いの紹介で池野が現れ、お見合いをして一緒になったとか、又、借家の件でも安い家賃になるよう口利きして貰った事などを話してくれて、人間って、なんか縁という事があるんだなあと思ったのだった。

家へ戻ると夕飯のカレーが待っていて、池野は缶ビールを開けながら、

「トシ、飲むか？」

と尋ねた。

今までアルコールは飲んだ事が無かったので、

「いや、いいっす」

と断った。

カレーライスに味噌汁、目玉焼きの夕飯を頂いて、二階の一部屋で皆川の字になって一緒に就寝した。

狭かった。

朝は帰る支度をして、伯父さんのおにぎり屋で食べたのだが、店はサラリーマンで満席の大繁盛だったので、伯父さん達がくつろぐ奥の座敷で頂いた。

忠義と手をつなぎ、義宜をおぶって品川駅まで啓子も見送りに来てくれて、池野に上野

駅まで送って貰い、俊夫の〇〇印刷での面談が終了したのだった。

そして、寒河江に戻るとすぐ設楽先生に呼ばれた。

「どうだったやあ？　やっていけそうか」

「はい、なんとか頑張ってみようかと……」

こうして本採用の通知を受け取り、昭和四十七年四月一日から俊夫は、〇〇印刷で働く事になったのだった。

その後、三月の卒業式までは、寒い河原へ行ってその光景を目に焼き付けたり、自転車で雪道を進んで桃の木の林を駆け抜けたり、実にのんびりした時間を過ごしていた。

そんな暇な二月の後半、とんでもない映像がテレビに映し出された。

『連合赤軍　浅間山荘事件』

すぐに逮捕されるだろうと思い食い入って見ていたが、一向に終わる気配がしない。

「まだやってんだがやあ」

洋裁の手を休め呆れて梅之が言ったけど、なんと解決するまで十日もかかった事件で、不謹慎だが、映画を見ている様で格好の暇つぶしになったのだった。

三月初旬、

「トシ、社会人になんだから背広の一着でもないどなあ。お墓の近くさ斉藤洋服店ってあるべ？　そこさ行ってみっぺ」

内職の手を止めて梅之が言った。

「うん？　金ないべえ」

「それ位してやんなくちゃあ、シンから仕送りも届いてるし。行ってみっぺ」

薄汚いジーパンにヨレヨレのセーターを着た俊夫と梅之が洋服店に入ると、店の店主は、寒河江という小さな町だからか俊夫の事を知っていて、

「東京の方さ行ぐんだってなあ」

と言いながら、メジャーで肩幅や手の長さ、胴回りなどを測りだした。

「んだあ、やっと独り立ちすんだ」

梅之が少し嬉しそうに応えた。

背広の柄を選んで、ワイシャツ、ネクタイ、靴、靴下と一式頼んで、一週間後に取りに来る約束をして店を出たのだったが、梅之が幾ら払ったのかわからなかった。

そして三月十五日、店で一通り着てみて、体型に合っている事を店主に確認させられ持ち帰ったのだったが、その週の土曜日、繁美叔父さんがやってきて、信一の時と同じ様に送る会？が行われた。

「トシ、背広着ておらさ見せでけろ」

と叔父さん。

勇喜夫は笑いながら俊夫を見ている。

「んだら着てみっかあ」

きれいに包まれた包装紙をほどいて、ズボンからワイシャツ、背広、ネクタイと着てい

きながら、これ一式、もしかしたら叔父さんが出してくれたんじゃない?なんて思ったりしたのだった。

「なんだって大人っぽくなるんだなあ、見違えたよ」

ニコニコしながらぐいと酒を飲む叔父さんと、何も言わないでその姿を見つめる梅之。

「ありがとう。俺がんばっから」

自然とそんな言葉が出る俊夫だった。

「大人さなるんだからビールでも飲んでみっか?」

叔父さんに言われとっさに、

「うん。母ちゃん、ええが?」

黙ってうなずく梅之。

これが俊夫の酒、初体験だった。

「んまい?」

と勇喜夫。

「苦い、うまぐねえ」

一口でやめたら、叔父さんは笑いながらそれ以上勧めなかった。

三年生は皆それぞれ就職先が決まり、三月二十日の卒業式を終えると新しい道へと進んでいった。

そして三月三十日、就職する俊夫を迎えに一匹の子犬を連れて池野がやってきた。

三十一日に品川で一泊して、一日の入社式に親代わりで出席する事になっていたのだ。

「池野さん悪いねえ、おらの代わりで。よろしく頼みます」

梅之が頭を下げた。

「なあに、どうって事無いですよ。それより二人だけになっちゃうから寂しいだろうと思って犬連れてきたんですよ。血統書付きのマルチーズ。どう勇喜夫君、可愛いだろう」

「……」

ビックリしたのか無言の勇喜夫。

狭いゲージから解放された真っ白い子犬が飛び跳ねて、ワンワン言っている。

「なんだって、めんこいなあ（可愛いなあ）」

ニコニコしながら梅之が言うと、子犬はちょこんとそばに来て、首をかしげて梅之の顔を見ている。

恐る恐る抱きかかえたら、今度は顔をペロペロ舐め始めた。

すっかり虜になった梅之を見て、池野は連れてきて正解だったと頷くのだった。

池野は長女の啓子と一緒になった以上、父親がいない訳だから入社式へ出る事は自分の役目だと思ってるんだろうな、それに犬まで連れてきてくれて悪いなあと思う俊夫だった。

そして、口から出任せに、

「ゴンベイって名前にします」

と勝手に命名したら、皆笑っているだけで異論を挟む人は居ず、ここにゴンベイが誕生したのだった。

「ユッキ、お前男なんだから母ちゃんの事頼むぞ」

俊夫が、兄貴らしい言葉を勇喜夫にかけたら、勇喜夫は黙ってうなずいた。

そして次の日、ある程度の荷物は寮の方へ送ったので入社式で着る背広類を持って、池野と汽車に乗り込んだ。

「トシ、食堂車で飯食っていこう」

池野が俊夫を誘うと、食堂車なんて別世界だと思っていた俊夫は躊躇なくうなずいて席を立った。

七両目まで左右に揺られながら歩いて行くと、白いテーブルクロスに覆われた食堂車が現れたが、やはり利用する人は少なく池野は中央の右側の席に座って、

「何でも食べな」

ウエイトレスが持ってきたメニューを広げながら言った。

メニューを見てもピンとこない俊夫は、カレーと小さくつぶやいた。

「うん、わかった。トシ、黒ビール飲んだことあっか？　もう社会人なんだから飲んでみようよ」

先日、叔父さんに勧められて初めて飲んだビールの味を思い出したが、

「黒ビール？」

味が違うのかなとためらっていると池野が、

「カレー二つと黒ビール」

とウエイトレスに注文し、そんなに待つこともなく料理が運ばれてきた。

梅之が作る、ご飯にルーがかかったカレーを想像していたら、なんと白いご飯と別に変な形の器に盛られたカレーが現れた。

それと、テレビのドラマに出てくるような少し大きめのグラスと、黒い液体の瓶がユラユラと汽車の振動に会わせ揺れている。

俊夫は緊張して池野をチラッとのぞき込んだら、池野は瓶からグラスにビールを注ぎ、ゴクリと一口飲んでルーをご飯の上にかけながら、

「うん、うまい、食べな、トシ」

と言った。

俊夫は、同じようにルーをすくってご飯にかけ一口食べた。

美味しくない。

変な味だ。

梅之の方が断然うまい。

「あれ美味くない？　ビーフカレー」

と池野。

ええっ何？　ビーフ？　牛？

牛肉は食べた事がなかった。

梅之自身が好きでなかった事もあるが、やはり高価だったし、森本家の食卓に上るのは必然的に豚肉だったのだ。

初めて口にした俊夫は、独特の味になじめなくて、とっさに横にあった黒い液体をゴクリと飲んだ。

その味は、初めて飲んだビールと違い、ほのかに甘いなんともいえない味で、まずくはないが、こりゃうまいと言う程でもなかった。

「いけるじゃないか」

ニコニコしながら池野はグラスを飲み干して、俊夫のグラスにも注いでくれた。

肉を避けて、ルーだけをご飯にかけて食べながらビールを飲み干したのだったが、黒ビール、牛肉、食堂車と、初物づくしに戸惑う俊夫だった。

そして品川に到着し、啓子、忠義、義宜と再会して一晩お世話になり、池野と○○印刷の入社式へ向かった。

真新しい背広を着た俊夫は、正門にいた係員の女性に促され、池野と別れて会議室に入った。

椅子がきれいに並んでおり、もうすでに七、八人が腰掛けていて、その隣に座るよう指示されたが、部屋の中はシーンとしていて、初めて会う同期入社の姿を、皆、興味深く観察している様だった。

ドアが開き、一人、また一人と入ってきて、最後に小川課長が礼服に白いネクタイ姿で入ってきたので、これで全員だなと思った。

　総勢十数人だ。

「皆さん、おはようございます。そして入社おめでとうございます」

　ありきたりの挨拶を終え、十時から大会議室で入社式が行われる事と、高卒は全員寮生になるが、大卒の人で寮に入らない人もいるのでそれぞれの説明会をやると早口で伝えられ、入社式まで時間があるので、全員に関係する三日からの研修会について説明が始まった。

「朝八時半、正門集合。

　バスで、埼玉の鎌北湖という所へ行く。

　そこで三、四、五日と研修をやり六日に帰って来て、七、八日と会社内での研修を行い、最後に配属先を告げ、週明けの十日からそれぞれの職場で働いて貰う。

　以上です。

　質問は？　……はい、ないなら式の会場へ移動してください」

　と、軍隊調で一方的に発言し終了した。

　皆無言でガタガタと椅子から立ち上がり大会議室へと向かったが、式場に入ると後方に池野はじめ父兄達が座っているのがわかった。

　小川課長の司会で式は始まり、初めに新入社員が一人ずつ紹介され、社長訓示、来賓挨拶と続き、最後に小川課長の次の話で終了した。

「父兄の方々は別室で、会社役員との懇親会を執り行いますので、移動の方宜しくお願いします。新入社員は先程の部屋に移動してください。本日は誠におめでとうございました」

皆立ち上がり部屋に戻ろうとした時、池野が近づいてきて、

「トシ、懇親会終わったら俺帰るから。何かあったら品川に電話しな。いいね」

「うん、ありがとう」

と答えて会議室に戻ったら若い男の人が紙を広げ、

「入社式で紹介された順で自己紹介をやりますか」

と言い、名前を読み上げ始めた。

少し厳つい人からで、話し方がやけに落ち着いていたので、すぐ大卒だとわかった。

四人話し終わって五人目から高卒になり、どこどこ高校卒業の誰々です。皆同じ。

宮崎、大阪、福岡、福島、静岡、そして山形。

聞いた事のないデザイン科卒業なんて言うのもいる、総勢九人の高卒だった。

「山形県立寒河江工業高校、機械科卒業の森本俊夫です」

と一礼したら、どんな奴だろうと観察する熱い視線を感じた。

「それでは、寮に入る方と入らない方にわかれてもらいます」

と言われ、寮生はそこにとどまり、高卒九人と大卒二人の十一人に説明が始まった。

寮は基本的に三交代の印刷部門の宿泊の為にあるので、朝夕の食事、風呂は、日勤のみ

利用でき大部屋で寝泊まりする事、配属先が印刷部門になったら個室が与えられる事、配属が決まるまで皆大部屋で寝泊まりする事などだった。

「それでは、お腹も空いたでしょうから食事にします。食事が終わりましたら本日は終了になります。寮生は寮の方へ移動してください」

テーブルに女性社員が弁当を配り、湯飲みにお茶を注いで配り始めた。

赤飯に鶏の唐揚げの入った和風弁当で、美味しかった。

食事を終え正門を出て寮へと向かうと、一階の大部屋に山ほどの荷物が届いていた。

俊夫はその中から自分の荷物を見つけると、部屋の端の方に移動させた。

暗黙の場所取りだ。

管理人のおじいさん（ほとんどおばあさん）から寮の規則等の説明を受け、明日からの研修に備えて休みなさいと言われた。

福岡から来たというデザイン科の二人が、独特の方言で仲良く話していたが、他はみな一人で来ていたのでだんまりこいていたら、端に陣取った俊夫の横に、か弱そうな細い人が荷物を引きずってやってきた。

「ここいい？」

俊夫はうなずいた。

「山形なんだって？　俺、福島。会津若松なんだ、斉藤光信、よろしく」

聞きとれない位のか細い声で、自己紹介を始めた。

「ああよろしく。森本です」

おそらく布団であろう大きな荷物に寄りかかりながら、二人とも打ち解けようと言葉を選びながら話し始めた。

工業高校で文章を書くのが好きな事、サンタナ大好き、男子校だったから恋愛の経験が無かったなど……。

斉藤君は普通科卒業でアニメが好き、小柳ルミ子と天地真理のファン、サンタナ知らない。

出身が東北だという事もあり、こいつとならうまくやっていけそうだと思う俊夫だった。

四時過ぎから五時頃にかけ、二階がバタバタと慌ただしくなった。

交代勤務だ。

入れ替わり立ち替わり無言で通り過ぎて行く。

「みんな、今いるところが自分の居場所でいいよね。じゃ順番で、俺達から風呂。さっぱりしてから飯行こうぜ」

デザイン科の一人がもう一人に話しかけ、立ち上がった。

俊夫はその言葉を遮るように、

「表行こうか?」

斉藤君に言いながら玄関へと歩き出すと、慌てて光信が後を追ってきた。

駅前の定食屋で、俊夫はサバ定食を、光信はチャーハンを注文し、斉藤君はアニメについて熱く語るのだった。

部屋に戻ると、半数ぐらいが思い思いにリラックスしていたが、九州の二人はいなかった。

届いた荷物から下着を取り出し、二人で風呂に向かった。

四畳半ほどの脱衣所の奥に三人が入れるくらいの湯船と洗い場があり、誰も入っていなくて、

「ラッキー」

俊夫は斉藤君に笑顔でウインクし、風呂場に入っていった。

まだ肌寒い四月、梅之が入れてくれた厚手の寝間着を着て布団を引き、二人で横になった。

「悪いけどサンタナ聴くから」

ヘッドホンをしながらカセットテープをセットすると、斉藤君はうなずきながら漫画を読みだした。

少し離れた所から、ヘッドホン越しに九州弁の声が入ってきたが無視した。

乾いたパーカッションのリズムと泣きのギターに酔いしれている内睡魔に襲われ、いつしか眠りについたのだった。

明け方、再生ボタンが押されたままのカセットテープのカリカリ音に気づいてストップを押し、又眠った。

初めて家以外で寝た俊夫は、緊張からか身体がだるく感じて、なかなか起き上がれなかった。

「パチンコ屋とか映画館もあったぜ」

散歩でもしてきたのかデザイン科の、朝から元気な声が大広間の奥の食堂から聞こえてきた。

斉藤君は……布団を半分めくり上げて、あぐらをかき座っている。

「どうしたの？」

「いろんな所からいびきが聞こえてきて眠れなかった」

焦点の定まらないうつろな目をして、ボソッとつぶやいた。

以前梅之から、いびきをかくと言われていた事を思い出し、

「ごめん、俺か？」

同じように布団をめくりあげ、あぐらをかいて光信の顔をのぞき込むと、

「うん、他にもいたけど」

と答えて、布団をたたみ始めた。

「自分じゃわがんなえからなあ」

と独り言を言いながら俊夫も布団をたたんで顔を洗い、食堂へ入っていった。

九州人二人が一テーブルを占拠していて、もう一つが空いていたのでそこに座った。

「ねえ、俺たち、これから池袋散策しに行くけど一緒に行かない？」

腰掛けた背後から声がしたが、東北弁の恥ずかしさと九州弁の威圧的な雰囲気になじめないなと感じていたし、昨日、斉藤君との話の中でもその事を伝えていたので、

「いや、成増をぶらぶらするよ」

と標準語で応えた。

すると、わかったと言って二人は席を立っていなくなった。

良く思ってないなと相手は感じたろうと思ったが仲良くしたいと思わなかったし、それでいいと思い、気にしなかった。

会社の周りとか駅前とか斉藤君と一通り散策を終え、あっという間に日曜日が終わり、またまた嫌な雑魚寝だ。

サンタナだ。

寒河江では、便所の隣の三畳の物置を自分の部屋として使っていたので、大部屋での雑魚寝は本当に苦痛で辛い。

ましてや、唯一信頼の置ける光信から、いびきの事を言われ気になって仕方なかったが、ウトウトしている内に、当然眠りについたのだった。

「あまり寝られなかった」

昨日同様、布団にあぐらをかいて斉藤君がつぶやいた。

「ごめん」

反射的に答えたら、そうじゃなく、自分は一人っ子で個室があり、雑魚寝の経験が無い

から休まらないのだと告げられ、

「もうすぐ個室になるから、それまで頑張ろう」

と励ます俊夫だった。

ワイシャツにスラックス姿で、学生時代の体操着、下着類を持って正門へと向かうと、もうバスが止まっていて、点呼確認して出発した。

どこをどう走っているのか東京の道路など知るよしもなかったが、さすが東京、やけにきれいなでこぼこしない、整備されている道だなと感心する俊夫だった。

車中でプリントが配られ、表裏二枚に書かれた表に見入ると、着いたら午後一時から三時まで早速講義、三十分休憩後五時半まで講義で、次の日から三日間は、なんと六時半から湖一周のランニングがあり、あとは講義、講義の連続だ。

「あそこに載ってないけど部屋割りを今から言います。二段ベッドの四人部屋です」

名前を読み上げられたが、俊夫は斉藤君と一緒ではなく九州の一人が一緒で、後は高卒一人と大卒一人だった。

雑魚寝といい部屋割りといい憂鬱になる俊夫だったが、二時間弱で緑に覆われた鎌北湖に到着した。

国か、県で運営しているのだろう、鉄筋二階建ての割ときれいな保養所という感じの建物だった。

昼食まで部屋で休むように告げられ、それぞれ荷物を持って二階の部屋へと移動した。

「俺ここ」

相変わらず左の下のベッドへ転がり込むデザイン科。

俊夫は黙って右側の上に荷物を置き、その下に大卒、左の上に静岡の高卒が陣取った。

九州人がスケジュールについて、走るのが嫌だとか社会人になっても勉強、勉強かと不満を口にしコミュニケーションを取ろうとしていたが、俊夫はそっとヘッドホンをつけ、サンタナを聴いて無視した。

昼食が終わると講義が始まり、

「〇〇印刷の社史」

「〇〇印刷の印刷業界における位置と役割」

製版部部長による講義だった。

会社の取引は、大手出版社『平凡社』の印刷がメインであり、平凡社のほとんどの印刷を当社で行っている事や、最近急速に受注が増えているのが牛乳パックの印刷である事などを紹介し、業績が好調であると結論づけて終了した。

四日、五日と、きついランニングの後の研修は、これといって心に残る物はなく、早く終わればいいなと思ったが、みんなの関心事は、やはり帰ってから決まる配属先の事だった。

研修の合間や部屋で、デザイン科が中心になって詮索したのだったが、

「森本は工業高校だから、間違いなく印刷部門だな」

と言うと、どこからか、

「そうだろうな」

と言う声がした。

俊夫自身も、当然そうだろうなと思っていたから、

「だろうな」

と答えた。

印刷会社には、三交代二十四時間フル稼働の印刷部と版を作る製版部があり、製版部がエリート、花形な訳で、日勤で泊まりがない。

大卒は当然だが、高卒でもデザイン科の二人は、その製版部に配属されるだろうと思っているのが見え見えで、普通科の斉藤君や他の高卒達は、俊夫同様印刷課だろうと噂していたけど、そんな憶測には興味もなく、早く個室がほしいと思う俊夫だった。

そんなこんなで鎌北湖での研修は終了し、会社に戻ると七日からの会社研修に備える様に言われて、溜まった洗濯物を順番に洗いながら大広間でゴロリと寝っ転がったら、何故か最上川の川音と青空を思い出し、母と勇喜夫はどうしてるだろうかなんて事を思い、急に帰りたくなったのだった。

七日からの会社研修は二班に分かれて行うと言われ、俊夫と斉藤君、大阪一人、デザイン科一人、大卒二人が一班になって、写真の現像から版起こし、その版を輪転機に掛けて印刷、梱包、配送までを流れに沿って見学する内容だった。

最初の写真関係部門では、見た事もない大きなフィルムを抱えて忙しく行き来する社員に圧倒される俊夫と光信だったが、デザイン科は涼しい顔で見入っていた。

一緒にいた大卒は山形大学卒業の人だったので、親近感を持って二日間接することが出来た。

版制作部門は、六価クロムとか言う薬品に銅版を浸して化学反応を起こし凹凸を出す所だったが、その部署部署で責任者が説明してくれたけど、目で見るのが精一杯で話などほとんど頭に入らなかった。

けたたましいベルの音が鳴り響くと、それまで黙々と作業をしていた者達が一斉に走り出した。

十二時丁度。

昼休みだ。

研修に同行していた人事部の若い男の人が、

「一時間、昼休みです。ここに戻ってきてください。はい食券です」

とスタンプが押された紙を手渡し、皆が走って行った方向へと六人も歩き始めた。

道路を挟んだその先に行列が出来ていて、別の七人と合流し列に並ぶと、ＡかＢランチしかなく、細長いテーブルに思い思いに腰掛けて黙々と食べる姿に圧倒された。

広い平屋の建物は、あっという間に大勢の人で埋め尽くされ、どこからかＮＨＫラジオのニュースが流れていた。

お世辞にも美味しいとはいえない野菜炒めランチを食べ周りを観察していると、我先にと走ってきた人達は、食べ終えてさっさと席を立っていなくなり、ラジオからは、ニュースが終わって昼の歌謡曲『瀬戸の花嫁』が流れていた。

食堂の横にはバレーボール用のコートが有り、その隣のプレハブ小屋には卓球台が二台、本社ビル裏手の広場ではキャッチボールと、皆、思い思いに、又は我先にと競って汗を流す姿があり、彼らにとっては貴重な一時間なんだなと思う俊夫だった。

十二時五十五分に又けたたましくベルが鳴り、汗を拭きながらそれぞれの職場へ戻って行く姿が見えた。

こうしてバタバタした昼休みが終わり、俊夫達も製版部へと戻って行き、化学反応で凹凸がついた銅板を吹き抜けの二階から一階にチェーンで下ろす作業を見学して、初日の研修が終了したのだったが、俊夫は、自分には関係ない所だから早く明日の印刷部門に行き、どんな仕事なのか見てみたいと思うのだった。

八日、印刷部門の研修では、軍事工場とでもいえるようなミサイルみたいな輪転機が四台、爆音みたいな騒音?を立てて休みなく回っていて、トイレットペーパーを大きくした様な紙のロールが機械に吸い込まれていき、きれいな印刷物となって裁断されながら出てくる様は芸術的にさえ思え感動した。

もしこの職場で働く事になったら、自分が印刷した物を世の中の人達が読むんだなと思うと、何かしら社会貢献しているんじゃないかと少し誇らしく感じ、よし頑張ろうと思うのだった。

うるさくてよく聞き取れない説明も終わり、出来上がった物を梱包、運搬、トラックに積み込む工程を一通り見学し、最後に何時でも入れる大きな風呂を見て午前が終わり、又ベルが鳴り昼休みが始まった。

午後は、待ちに待った配属先の通知だ。

全員会議室に集められ、社長初め役員であろう五、六人が演上に座る中、研修の総括を人事部長が当たり障りなく話し、続いて小川課長が、用意した紙を広げながら配属先を読み上げた。

大卒からで、写真部や製版部、総務部等全員日勤を命じられ、社長から辞令書を受け取った。

次は高卒だ。

「伊藤和馬、印刷部印刷課を命ず」

予想通り印刷課だ。

「工藤祐太朗、印刷部印刷課を命ず」

なんとデザイン科の一人。

ギョロッとした瞳で課長をひと睨みして、辞令書を受け取った。

「斉藤光信、印刷部印刷課を命ず」

やっぱり。

「古谷和夫、製版部写真課を命ず」

デザイン科のもう一人で、高卒で初の日勤だったからか、なんともいえないどよめきが漏れ、拳をぐっと握りしめ足早に辞令をもらいに行く姿は、勝者そのものの感じがした。

そして、

「森本俊夫……」

「製版部製版課を命ず」

「えっ?」

思わず、小さくつぶやいた。

他の高卒の視線を一斉に受け、訳も分からず立ち上がって前に進んでいく。

「よろしく、頑張ってください」

社長の一声を聞き、黙って一礼し辞令を受け取ったのだったが、なんともいえない重い空気が会場を支配しているのを感じ、照れくさく下を向きながら席へと戻った。

結局、高卒で日勤になったのは二人だけだった。

何で日勤?

俊夫は、嬉しい気持ちなどさっぱりなくて、大部屋での雑魚寝が頭をよぎり憂鬱で仕方なかった。

「よかったね」

式が終わって斉藤君が近づいてきた。

「てっきり三交代だと思ってたんだ」

俊夫が言うと、

「皆そう思ってたよ。でも良かったじゃない日勤で、頑張れよ。これからもよろしくな」

と、手を差し出したのだった。

寮へ戻ると、印刷部へ配属された人達が個室へ移動し始めていた。

「何で森本が製版部なんだ」

聞こえよがしにデザイン科の二人が、大きな声で話している。

二人は、一人が印刷部になった事で、何か気まずい雰囲気になっていたみたいだった。

「俺だって訳がわかんないよ」

俊夫は、そうぶっきらぼうに答えるしかなかった。

後で池野に聴いた話だが、入社式の父兄との懇談会の時、偶然にも社長の隣になったそうで、物怖じしない性格の池野は、自分も光信印刷で働いていた事などを話して盛り上がり俊夫の事をアピールしてくれたらしく、それが日勤になった要因ではないかという事だった。

なるほどそうに違いないが、当時はそんな事知る由もなく、デザイン科の一人が印刷部に行く程なのに、工業高校卒業の俊夫が製版課など普通有り得ない出来事だったのだ。

こうして共同生活（雑魚寝）が続く事になったのだったが、土曜の夕飯時に日勤明けのある先輩が、

「今日は新人二人の歓迎会だ」

と、一升瓶をドンとテーブルに置いた。

「俺十八だし、酒飲んだ事ないので……」

「いや、今日から社会人なんだから俺が許す。飲もう」

コップに酒を注ぎ、二人の前に差し出した。

デザイン科が、頂きますみたいな事を言ってグラスに口をつけるのを見て、つられて俊夫も口にした。

苦いしまずい。

おかずの乾き物を食べながら、進められるまま飲む。

しばらくすると、皆の話し声が聞き取りづらくなり、目の前がグルグル回り始めた。

「こいつ、やばい」

誰かの声がしたと思ったら、両脇を抱きかかえられ便所へ連れて行かれて、入ると同時にゲロがこみ上げてきて、便器にしがみつきながら吐いた。

ゲロゲロと涙。

生まれて初めての酒酔いで、その後の事は覚えてなくて、気がついたら布団に寝ていた。

やたらと喉が渇いて、水を飲みに行こうと起き上がったらふらふらして倒れ込み、もう二度と酒なんか飲むもんかと思ったのだった。

その日は一日だるくてぶらぶらして過ごし、貴重な日曜日が終わってしまったのだったが、何故かデザイン科は元気で、どこかへ出かけたりしていた。

でも、俊夫にとっての地獄はこれで終わりではなかった。

「おい新人、昨日は散々だったみたいだな。俺の昔を思い出したよ。そうやって皆、酒を覚えていくんだ。さあやろう」

又始まった。

「古谷はいけるから、さあやろうぜ」

元気なデザイン科を横目に、断る訳にも行かず、又ゲロ。

毎日同じ先輩じゃなく、ローテーションで決まっているかのごとく、違う人達との宴会で、連夜のゲロゲロ。

何が辛いって、頭がガンガンして朝起きれないし、朝食は受け付けない。

土曜日曜とゲロした翌日、十日の月曜日はふらふらのまま初めて製版課へ出勤したのだったが職長に、

「森本君、寮で早速歓迎されたか」

と見透かされた後、製版課の人達を紹介してくれたのだった。

六十代の職長、同じ位の補佐、五十代から四十代の職人六人、二十代が一人で、

「まあ今週は古賀君に付いて、色々勉強して慣れればいいよ」

と若い人を紹介してくれた。

「よろしく」

背の高い痩せ型で長い髪の青年が微笑みながら挨拶してきたので、ぺこりと会釈した。

『ムカムカして気持ち悪い』

日勤なのに寮で見た事がない人だった。

一通り挨拶が終わると、皆それぞれ仕事に戻っていった。

「そこに座ってればいいよ」

そう言うと古賀は何処かへ行ってしまった。

しばらくして戻ってきたが、汗びっしょりでハアハア息が上がっている。

「来週から一緒にやって貰うけど、月曜朝一の仕事は、その週で使う銅板を運ぶ事なんだよ」

と言う。

今まで、何十枚と重い銅板を一人で運んでいたけど来週から頼むねと笑いながら言われたが、二日酔いで仕事にならない自分に腹を立て、申し訳ないと思う俊夫だった。

そして古賀はタバコを一本吸ったと思ったら、休む間もなくレールに引かれた滑車を動かし、丸い筒状の鉄の塊に凹凸の版を巻き付けて不気味な液体の中に沈め、ベルトを巻いてモーターのスイッチを入れて回転させ始めた。

液体の槽が全部で四台あり、次々と手際よく沈めていくのだったが、ムカムカしながら眺めていた俊夫は、その手際の良さに尊敬のまなざしでただ見ているだけだった。

「土、日とまだ二日か、酒飲まされたのは……今日、明日ぐらいだな、辛いのは」

独り言のように古賀がつぶやく。

「えっ？」

「いや、俺もやられたから」

笑いながら、しかし手を止める事なく版を見ながら話し始めた。

同じように高卒で寮に入り酒を覚え込まされ、二年過ぎに寮を出てアパートを借りて住んでいるとの事で、三日目くらいから酒のうまみが分かるようになり、これ以上飲むとゲロになるなと自分の酒量が分かる様になると教えてくれて、最後に、明日会うのが楽しみだみたいな事を言われた。

そして、ただ眺めているだけの初日が終了し、またまた夜の宴会が始まった。

ダメだ。

日本酒なら古賀が言うように何となくわかるかもと期待していたが、今日はウイスキーだ。

氷を入れ、水で割ってゴクリ。

まずいし苦くて、またまたゲロ。

朝起きると、いつもの様にサンタナのカセットがカリカリ言っていて記憶がない。

でも、朝飯など食べられない日が続いていたが、今日はそんなにムカムカしなくて茶碗半分ぐらいのご飯を食べる事が出来たし、古賀にアドバイスを貰いながら、なんとか仕事をやり始めたのだった。

火、水と、徐々に寮宴会にも対応できるようになりゲロはしなくなっていったが、写真部の新人が水曜にゲロしていて、初めて見る光景にふっと笑いをこらえるのだった。

寮宴会は土曜日まで続き先輩方が、

「明日休みだし、歓迎会も今日で最後だから盛り上がろうぜ」

恒例の宴会は一週間と決まっているみたいな言い方で、マジで飲み始めたがゲロになる事はなく、古賀に言われたように、飲み方を覚えたと思い少し大人になった気分がしたのだったが、写真部はまたまたゲロしてた。

そんな訳で本格的に戦力として働き始めたのは、情けない話だが二週目になってからだった。

月曜朝一の仕事、銅板運びは、その週に使用する銅版を、倉庫から一階の置き場まで約五十メートル、五枚ずつ、六往復抱えて運ぶ仕事で本当にキツかったが、これを一人でやっていた古賀の事を思うと、凄いなあと感心するしかなかった。

支給された仕事用の靴は、危険防止の為つま先に半円形の鉄板が入っている特殊な物で、それ自体が重く、星飛雄馬ではないが辛いトレーニングをさせられている様できつい履物だった。

運んだ銅版を吹き抜けの二階にチェーンブロックで上げ、写真を貼り付け、六価クロムの液体につけて回転させ、版に凹凸をつけて一階に下ろすと言う、一連の作業を習得しなければならなかった。

仕事自体は古賀の助言もあり、抜くところは抜き、やる時はやると言うスタンスで徐々に慣れていったのだが、どうしてもなじめなかったのが雑魚寝だ。

曲がりなりにも気兼ねしない自分の部屋しか経験した事がなかったので、この共同生活が本当に辛く、その辛さのはけ口を母梅之への手紙でぶちまけてしまったのだった。

『仕事には大分慣れましたが、寮の皆一緒に寝る大部屋での雑魚寝は本当に嫌になってしまいます。身体が休まりません』

こんな手紙を田舎の母に送ってどうなるんだなんて考える余裕もなく、ただただ胸の内を吐き出したい一心で送ってしまったのだったが、案の定、受け取った梅之は我が子を哀れに思い、かわいそうで溜まらなくなって高橋商店から、品川に電話して、池野に電話よこす様に頼んだのだった。

「森本さん、電話」

おばさんが、早足で来てくれた。

「悪いなっす」

梅之は急いで高橋商店に向かうと、五分後に掛かってくると言われた。

「あっ、お母さん。池野です」

ガラガラ声の池野。

「池野さん、すみません。俊夫から手紙が来て、何かとても仕事が辛いみたいなんで」

何の話だろうと耳をすますます高橋夫妻に、なるべく聞こえない様にと小さな声で話す梅之。

「そうですか、分かりました。一度会って話聞きますから。お母さんは心配しないでいてください」

と言って、池野は受話器を置いた。

後日、寮に池野から電話があり、

「今度の土曜日、天皇誕生日で連休だろう。家へ来いよ。信も来るらしいから」

と言われた。

何も知らない俊夫は、懐かしいシンと言う言葉を聞き、久しぶりに会えると思いお邪魔する事にした。

そして、初給料日が明後日なのでお金と一緒に送ろうと、

『この前は変な手紙送ってすみませんでした。落ち着いたので心配しないでください』

と書いた便せんを書留封筒に入れ、眠りについたのだった。

「古賀さん、寮を出た時の話、聞かせてもらえませんか？」

月曜恒例の銅板担ぎをしながら問いかけると、

「二年ちょっとした頃かな。寮生活になじめなくてね。自分で不動産屋探して出たんだよ。何、出たいの？」

覗き込みながら逆質問。

「うん、嫌でしょうがないんですよ。それこそ、なじめなくて」

二人で笑ってしまった。

「生活設計って言うのがあるだろう？　自分がいくらもらえるのかとか。そういえば明日初給料日じゃないか。いくらもらえるかによって、よく考えてみれば？」

言われる通りだ。

二十五日早朝、職長に三階の部長の所へ行くよう言われ、足早に階段を駆け上がった。

「森本君ご苦労様、大事に使うようにね」

ニコニコしながら、小柄な小太りの部長が封筒を差し出したので、ありがとうございますと一礼し、職場へ戻った。

来月からは職長から貰うんだよと、古賀がすでに受け取った封筒を開けながら言うので、古賀と同じ様に俊夫も封を開けた。

明細書と一緒に紙幣と小銭が入っていて、六万二千五百円だった。

感動。

そそくさと仕事に取りかかり始めた古賀を見て、大事そうに封筒をポケットにしまい銅板に向かった。

けたたましくベルが鳴って昼休みが始まり、俊夫は会社から少し坂を駆け下りた所にある成増郵便局へと向かい、現金書留に書いた手紙と一万円札を入れて梅之に送った。

その日の夕方、寮に戻ると梅之から手紙が届いていて、字など書いた事のないヨレヨレな字で、耐えられなかったら帰ってこいと書いてあり、それを見て込み上げる涙を他の人に分からないように拭いながら、心配掛けて申し訳ないと心で謝るのだった。

食費、寮費は天引きされていて、四万二千五百円が生活費だ。

二十九日の土曜日（天皇誕生日）連休初日、品川へ向かった。駅の洋菓子店でショートケーキを五個買って、地下道のトンネルを歩いて伯父さんの店で挨拶をして（しまった。挨拶の菓子を買ってなかった）池野の家へと向かったのだったが、お土産を買ったのは初めてでなんか大人になった気がした。

狭い路地をクネクネと歩くと池野家の縁側に辿り着き、

「こんにちは」

と言うと、

「おおっ」

と、中から信一が振り向いて言った。

日焼けした顔は以前よりたくましく感じ、再会を嬉しく思った。

信一の羊羹とショートケーキを開け、忠義にケーキを食べさせながら、義宜をおんぶした啓子は、俊夫の一件をしゃべり始めた。

何故手紙なんか送ったのかとか、遠くにいる親に心配掛けるような事をしてはいけないと言われて、俊夫は何故知ってるのかと思ったが、雑魚寝の一件を説明し、思わず手紙を送ってしまったと弁明した。

「いいじゃないかその位で。でも仕事自体が嫌になったんじゃなかったから良かったよ」

と言う池野の言葉に救われた。

久しぶりに会った信一は、この件については何も言わなかったけれど、自分の仕事についての不安を口にしだした。

海苔養殖の仕事事態は順調だが一生やる様な仕事じゃないと言い、場は一気に重苦しい雰囲気に包まれた。

「アルバイトみたいな感覚でなら満足できるけど、そのうち家庭持ったりする事を考えるとどうもね……今はいいけど将来の保証もないし」

「そうだね。先々の事考えると……伯父さんに相談してみたら？」

啓子の言葉に、

「うん、そうだな、俺の話もあるし。店忙しくないだろうから行ってみるか」

池野が信一に目で合図をして立ち上がり、俊夫も、俺の話と言う池野の言葉も気になって、ケーキを頬張る忠義達を残して後を追った。

平日の忙しさとは打って変わって、ガランとした店内に、伯父さんとおばさんが腰掛けてお茶を飲んでいた。

そもそも信一が今の仕事に就いたのは、葛飾の伯父さんがらみだし、その弟である品川の伯父さんには相談しやすさもあったので、一通りの外交辞令を済ませ、池野が切り出した。

「実は、信一がお世話になっている海苔養殖、本人が将来に不安がある仕事だと言うんですよ。変わるなら今じゃないかと……」

一瞬あっけにとられたような二人は顔を見合わせ、

「そうでしょ、そうでしょう、信ちゃんの事はずうっと気になってたのよ、このままでいいのかって」

ここぞとばかりに、おばさんが言うと、

「勇吉も雲の上で心配してると思うよ、俺も気になってたんだ。もし今日そっちから何の話もなかったらこっちから話そうと」

死んだ親父の事を持ち出して、伯父さんが話し始めた。

「店の常連で、川崎で鉄工所に勤めている専務がいるんだけど、そんなに大きな会社じゃないらしいが一応株式会社だし、誰かいい働き手いないかと言われていて、信一なんかどうだろうと思っていた所なんだ。どうだ、悪い話じゃないだろう？」

元々、機械とか油まみれが好きで日産プリンスに就職していた信一は、希望に溢れたまなざしで伯父さんの話に耳を傾けるのだった。

トントン拍子とはこの事か。

「進めてもらえますか」

信一がキッパリと言った。

梅之が繁美叔父さんと話していた、品川夫婦はなにしろ世話好きだとの会話を思い出し、思わずニヤニヤする俊夫だった。

連休明けの朝、その人が店に立ち寄るから話を進める事と、葛飾には穏便にやめられる

ように話をすると伯父さんが言ってくれたが、

「いやあ、俺の口から直接伯父さんに話します。今まで世話になったんで」

大人びた口調で信一が言うと、みんな、うんうんとうなずいたのだった。

一同が穏やかな雰囲気になりかけた所で、今度は池野が実はと言い出した。

「実は私の事なんですが……建設業の仕事も三年過ぎて大分分かってきたし、土木の国家試験にも受かったんで、知人に誘われまして職場変えようと思ってるんですよ。勤めは埼玉の入間市なのでそちらに越そうかと」

今勤めている会社関連の人で、土地の造成やスポーツ施設整備の会社を立ち上げるとの事で、常務として来てほしいと誘われた話だった。

伯父さん達は信一を例えに、安定が一番だとか、その会社どうなるか分からんし子供も小さいとか、啓子が苦労するんじゃないかと反対の言葉を並べたてたのだったが、

「啓子には昨日話をして、ついていく返事を貰いました。わがまま言ってすみませんが宜しくお願いします。家族には迷惑掛けないよう頑張りますので」

深々と一礼する池野を見て決意は固いと思ったのか、ため息をつく品川夫婦だった。

そして、

「そうだ、あんた、それなら清章の隣、まだ売れてないんじゃゃない？」

伯母さんが伯父さんを見て言った。

「うん売れてないらしい。そこかい」

お節介な二人は、「忠さん」と身を乗り出して、

「末っ子の清章が、西武線、新所沢駅の新築に住み始めたんだけど、その隣がまだ売れてないんだって。線路っぷちでいい所よ。買っちゃえば？」

笑いながら、しかし真剣なまなざしで話す。

子供も二人になったし、いつまでもこの長屋ではと思ってた池野は、

「いい話ですね。でも資金が……」

と言葉を濁すと、少し考えなさいと言われ話は一旦終わったのだったが、なんとまあ慌ただしい日なんだろうと思った。

昼飯を啓子の手料理でいただき、二人でゆっくり話す事もなく信一と俊夫は別れたのだった。その数日後またまた梅之から手紙が来ていた。

お金はありがたいけど、こっちは二人だけだし、そっちの方で使うだろうから半分でいいとか、嫌だったら何時でも帰ってこいとやっと読めるネズミが這ったような字で書いてあって又うるっときたが、便せんを取り出して、自分は大丈夫だ、仕送りは一万のままでいいという事と、池野の家へ行って信一と再会した事や、彼が仕事を変える様になる事、池野の転職と引っ越しがあるかも知れない事等を一気に書いて、又心配するだろうなと思いながら封をしたのだった。

四月が過ぎ五月中旬、古賀が仕事帰りに、自分のアパートへ来ないかと誘ってくれて、どんな生活をしているのか興味津々だったので、行きますと即答した。

五時に仕事を終えた二人は成増駅へと向かい、電車で二つ目の東武練馬駅の南口を出て少し歩くと、大きな道路、川越街道に出た。

交通量が多く、その道を横断してまたしばらく歩き右折すると、その奥に自衛隊の練馬駐屯地があり、その住宅街の路地をくねくね歩き、やっとアパートにたどり着いた。

路地から通路を五、六メートル進むとアパート各室が現れ、平屋で七室あり、古賀の部屋は一番左で、どうぞと言われ中に入ると一口ガスコンロと狭い流しがあり、その奥に六畳の畳の部屋があったが、押し入れはなくパイプに無造作に洋服が吊してある。

風呂はなく、部屋を出た真ん中あたりに共同便所があると言われた。

「どう？　感想は。これで家賃いくらだと思う？」

「いや、最高、いいですね。二万ぐらい？」

とっさに答えた。

「はっは、そんなにしないよ。一二〇〇〇円」

畳に腰を下ろして古賀が答えた。

俊夫は、それなら引っ越し出来るんじゃないかとわくわくするのだった。

いつもは途中の定食屋で夕飯を食べるんだと言いながらグラスを持ってきて、乾き物を肴にウイスキーの水割りを勧められたが、帰って寮の飯を食べるからと一杯だけ頂いて部屋を後にした。

それから少し立った五月最後の日曜の朝、寮に信一から電話があった。

「今日、葛飾から川崎のアパートに引っ越すんだ。一応知らせておこうと思って」

「なんだ、今から手伝いに行くよ」

「いや、大した荷物もないから大丈夫だよ。落ち着いたら遊びに来な。じゃあな」

やけに明るい声に安心したのと同時に、池野はその後どうなったんだろうと思ったりもした。

六月に入り、雑魚寝以外は環境にも慣れてきて、いろんな事が見えはじめてきた。

印刷業界の、いわゆる労働組合は共産党系が強く、〇〇印刷の組合も例外ではなかった。組合が二つあり、新人は入社と同時に会社系の組合に自動的に加入させられる仕組みだったが、もう一つが共産党系の組合で、ビラや配布物を配ったりしている姿を見て『ああ、この人そうなんだ』なんて思う位で、そっちの方は全く関心がなかったが、同じ製版課の二人のおじさんがビラ配りをしているのを見た時は、ええっ、あの人がとビックリしたけど。

「トシ、変わりないか?」

池野から電話があったのは、六月十一日の日曜、夕方だった。

「今、引っ越し終わったとこだよ。引越屋がほとんどやってくれたけど、いやあ疲れた。明日から新しい所で働き始めるんだ、そうそう信に電話したら、仕事慣れないので大変だと言ってたぜ、再来週、二十五日の日曜、呼んだら来るって。トシも来なよ。新居に泊まって朝出勤すればいいから。シンはそうするって」

「ええっ、引っ越したの？　どこ？　この前言ってた所？」

「うん、そう、清章の隣、新所沢。変な心配掛けたくなかったから黙ってたんだ」

トントン拍子の展開にビックリ仰天だ。

教えてくれれば手伝いに行ったのにと社交辞令を言い、お邪魔すると伝えた。

埼玉県所沢市で、西武新宿線、新所沢駅下車だと言われ、取りあえず二十五日で良かったと思った。

来週十八日は、一大決心、アパート探しを予定していたから……。

そして十八日、さてどこにしようか漠然とした中で自然と足が向いたのが、古賀が降り立つ東武練馬駅だった。

ただし向かったのは、これも漠然とだが、古賀とは反対方向の北口だ。

改札を出て十メートルほど歩くと、ベタベタとガラスに間取りのビラが貼ってある小さな不動産屋が目に入り、躊躇なくドアを開けた。

ブスッとした感じのおじさんが、メガネ越しに俊夫を見て、

「いらっしゃい」

とつぶやいた。

「安いアパート探してるんですけど……」

と少しはにかみながら尋ねた。

おじさんは、「安いのね」と独り言を言いながら分厚いファイルをめくり始め、大きさ

や風呂、便所の有り無しを尋ね、

「四畳半で風呂なし、便所共同で、小っちゃな流し付きだったらここだな」

と言いながら印刷物を差し出した。

徳丸二丁目、二階建ての二階角部屋、家賃六千五百円と書いてあり、現地見れるけどどうすると言われ、早速車で案内して貰う事になった。

木造二階建てで真ん中に廊下があり、左右五部屋の計二十部屋の二階、一番奥の右側だった。

手回し式の鍵を回して解錠し、ガラガラと横に引いてドアを開けると、すぐ左に、石で出来たみたいな小さな流しと一口コンロがあり、その奥に四畳半があった。

当然押し入れはついてなく、磨りガラスの木製の窓を開けてみると、幼稚園のグランドが飛び込んできたが、日曜日で人影はなく静かだった。

共同で使う便所や洗濯機を見学して、ここ以外は高い物件になる旨言われ決断を迫られたが、駅までどの位かかるのか歩いてみたいと伝え、駅までの地図を書いて貰って歩く事にして、おじさんは店に戻った。

静かな住宅街で、そんなに人通りも多くなく、途中に銭湯も有り、正味十二分。

『ああ、ここでいいや』

と決断したのだった。

不動産屋に戻るとおじさんが待っていて、借りたいと伝えると急に事務的な態度になって、諸費用込みで一万五千円かかり、入居日が月途中だと家賃が日割り計算になり、了承するなら契約書作成すると言われたが、ハンコも持ってきていないし、いつ引っ越せるのか決めるからとりあえず仮押さえとして千円払って、一週間以内に連絡する事で了解して貰った。

さあ色々決めなくちゃと喜ぶ俊夫だったが、次の日、古賀にこれからの事を相談したら、もう出るのかとビックリされ笑われ、まず引っ越し日を決めて、それが決まったら職長に話し、総務に言い、寮に伝える事だろうなと言われたが、それよりもまず契約だなとも言われた。

金曜日に給料が入るから土曜日に契約するとして、引っ越しをいつにするかだ。

今度の日曜に池野の家へ行くからそこで話しをするとして、七月の二週目の日曜にしようと勝手に決めた。

木曜の昼休み、不動産屋に電話して、土曜の夕方契約しに行く事と入居を七月九日にしたいと伝えたら、一万五千円とハンコを持ってこいと言われた。

七月分の家賃は日割りになるから、九日からで四千八百四十円だなと契約書の端っこに手書きで書き留め、八月十日まで振り込むように言われ、その後は毎月六千五百円を十日まで振り込む事を了承し捺印して、契約は完了した。

梅之に、来月やはり寮を出てアパートを借りる事にした、俺は大丈夫だから心配しないでくれとの手紙と一万円を入れて送り、二十五日、なんて言われるか不安なまま新所沢へ向かった。

電車を降り改札へ向かう階段の手前でカランコロンと下駄の音がして、変な人がいるなと思い振り返ったら、何と信一だった。

俊夫に気付いた信一が、

「よお、元気か?」

と手を振って近づいてきた。

手提げ袋を持っている。

しまった。

お土産買ってない。

俊夫の表情を察した信一は、いいよいいよとでも言う様に笑ってウインクして改札を出ると、そこに池野が手を振って立っていて、

「別に分かりづらくなかっただろう?」

とダミ声で話してきたが、全然と信一が応え三人は歩き始めた。

西口を出て、線路沿いを所沢方面へ戻る感じで真っ直ぐな道を約十分歩くと、青年の家という建物が有り、その先にたいそう立派な二階建ての家並みが見えてきた。

その一つの玄関前に、忠義と義宜を抱っこした啓子と、見慣れない人達が立っていた。

「いらっしゃい、誰だか分かる?」

と言われた信一は、

「わかるよ」

下駄の音を立てながら答えた。

次女の高橋夫婦だった。

高橋夫妻はホテルニューオオタニに勤めていて、旦那はクリーニング、陽子は事務職で、俗に言う職場結婚をして船橋のアパートに住んでいた。

「凄い、いいなあ、この新築の木の匂いが」

と信一が言う。

一階、十畳程のダイニングとキッチン、風呂、トイレ、二階八畳と六畳和室の間取りだ。

信一は、

「これ俺とトシから……」

と紙袋から羊羹の詰め合わせを差し出し、板張りの床の座布団に腰を下ろしたので、気を遣わせて悪いなと思いながら、黙って俊夫も隣へ座った。

それぞれ今の生活状況を語り合いながら、自然と時が過ぎていく。

池野も信一も変わった仕事は順調な様で、二人とも生き生きしていた。

「俺、寮出てアパート借りようと思ってるんだ」

俊夫の方はどうなんだと池野に問われ、とっさに言ってしまった。

「何言ってるのよ、入ってまだ三ヶ月でしょ？　我慢しなさい。第一、食事とか風呂、洗濯考えたら寮の方が全然助かるでしょうに」

姉として当然の言葉である。

「いや、実は事後報告なんだ。昨日契約して、七月九日引っ越しするって決めちゃったんだ。ごめん」

一同唖然とした後少し間を置いて信一が薄ら笑いを浮かべながら、

「昔から決断するのは早かったからなあ。誰にも相談しないでよ。まあ決めちゃったんならしょうがないんじゃない？　やっていけんのか？」

と助け船を出してくれた。

家賃六千五百円のアパートで、成増から池袋方面へ二つ先の東武練馬駅だという事、仕送りは必ずやるし、仕事続けるならこれしか選択できないと訴えた。

「それほど言うならしょうがないな、もう」

と池野が言ったが、啓子と陽子は、それでもやっていけるのか心配だと言い張った。

引っ越しはどうするんだと問われ、布団ぐらいなもんだから軽トラック借りて運ぼうと思っていると言ったら、

「じゃ俺が借りて運んでやるよ、お前のアパートぐらい見ておかなきゃな、兄貴なんだから」

と信一が笑いながら言ってくれた。

私達も見ておきたいから行くという姉二人に、お世辞でも綺麗だと言えないアパートを見られたくなかったから、

「その内、落ち着いたら呼ぶから」

と断った。

その夜は天ぷらや煮魚のご馳走が出て、池野が普段飲んでいるという日本酒、月桂冠二級を頂いたが、下戸の信一は、お茶を飲んで黙々とご飯を食べていた。

次の日の朝五時半、おにぎり二個ずつ持たされて新所沢駅へと向かった。

所沢駅で、池袋線の急行へ乗り換えたが乗客はまばらで、下駄の信一は早速おにぎりを頬張り始め、少し恥ずかしかったが俊夫も頬張り、池袋駅で九日成増駅十時に会う約束をして別れた。

そして、職場や総務、寮の管理人へ九日引っ越しますと報告したのだったが、ビックリする人、やっぱりという顔をする人、無関心な人等様々で、

「寮、始まって以来の最短退寮だ」

と管理人に言われた一言が、少し心に引っかかりムッとした。

九日は快晴で信一がレンタカーを借り、寮で荷物を積んで徳丸のアパートへ向かった。

「汚いとこだな」

信一の第一声があり、あっという間に引っ越しは終了し、信一が川崎へ帰った後無造作に置かれた荷物の整理に取りかかった。

たたんだ布団で寝る場所を確保し、わずかに空いたスペースにレコードプレーヤーとアンプ、スピーカーをセットし、完璧な自分の城に自然と笑みがこぼれて、早速サンタナⅢ

だ。

布団に寄りかかりながら針を下ろす。

最高。

こうして俊夫の快適な新生活が始まったかに見えたが、予期せぬ事が起こった。

寝静まった真夜中『カリカリ、コソコソ、サッサッ』の音に思わず明かりをつけたら、なにか黒い物体が足の方を横切った。

ゴキブリだ。

でも殺虫剤なんか買ってないから、その夜は仕方なく、音がする度、手と足をバタバタさせて黒い物体を追い払うしかなかった。

田舎では小さなネズミを見た事はあったが、ゴキブリは見た事がなかったし、寮で一、二回見たぐらいだったから、初日から出くわすとは先が思いやられるなあと思った。

こうして黒い物体とのバトルが日々繰り返される事になる。

朝食は、卵や納豆、佃煮などをおかずに炊飯器で炊いた飯を食べ、昼は職場、夜は駅前の定食屋で食べる生活が始まった。

その定食屋は、どうも韓国か中国人の店らしく、

「若いんだからこれ位食べるだろう」

と、頼んでもいないのに大盛り御飯を出されて、しっかり大盛り料金を取られたのには驚いたし、したたかな民族だなあと思ったけど、次の日からは、

「御飯は普通でいいですから」

とハッキリ言う事にした。

風呂は一日おきで、遅くなって混むのが嫌だったから定食屋へは寄らず、帰ると真っ先に行くようにして、その日は、竹輪や乾き物などでウイスキーを飲みながら済ます事が多く、啓子が言っていた通り健全な食生活とは言えなかったけど、地獄の雑魚寝を思うと、ゴキブリとの格闘を除けば天国だと感じるのだった。

八月十日、ボーナス七万六千円頂いて、仕事帰り、古賀と東武練馬駅前の居酒屋『のんべえ』に入った。

二人で外で飲むのは初めてだったが、焼き鳥を焼く煙と匂いが充満していて、冷ややっこ、枝豆、ししゃもを頼んでホッピーで乾杯した。

「今日ぐらいは贅沢にな」

と古賀が笑いながら呟き、

「森本、お前ロックとか好きなんだって？」

と、突然言いだした。

「えっ、誰から聞いたんですか？　好きですけど」

どこからともなく聞こえてきたよと言われた。

「ディープパープル知ってる？　十七日武道館でコンサートだよ」

「うん、知ってる」

自分はサンタナが最高だから特に興味ないと言うと、古賀はビートルズやレッドツェッペリンをよく聴くと話してくれて、生姜焼きと焼き鳥盛り合わせを追加し、ホッピーをお代わりした。

古賀は、夏休みに故郷の伊勢へ帰ってのんびりしてくるんだと言い、でも本当は俺一人っ子で、親が帰ってこいとうるさくてしょうがないから帰るんだと笑って打ち明けてくれた。

又、将来の事とか考えて、貰ったお金バタバタ使わないで少しでもいいから貯めた方がいいよと、酔ったからか珍しく説教するのだった。

ほろ酔い加減で部屋に帰り、折りたたみのテーブルを広げ、殺虫剤を横に置き梅之に手紙を書いた。

一人の生活を満喫している事、仕事にも慣れ上手くやっているから心配しないでくれと書いて、勇喜夫に何か買ってやってくれと二万円入れて封を閉じたのだったが、酔った勢いで多かったかなと苦笑いを浮かべるのだった。

次の日の昼休み、初めて作った通帳に四万円入金し、梅之には書留を送った。

夏休み、二十五日の金曜日、ワイワイドヤドヤの音で目が覚めた。

磨りガラスの窓を開けると、子供達がグランドを走り回ってはしゃいでいて、その周りで母親達がペチャクチャと話してる。

なんと賑やかなことか（うるさいことか）。

平日は仕事でいないから分からなかったけど、そうか、幼稚園だったんだと改めて思いながらボンヤリ眺めていた。

ボーとしながら、勇喜夫は来年三年だから高校どこ受けるんだろうとか、この先実家は母親一人になったらどうするんだろうとか、何故か田舎の事を考える俊夫だったが、風の便りで、船橋に住んでいる高橋夫婦が、池野の突き当たりに二階建てのアパートがあって、家賃も安いし越してこないかと誘われていると言う情報が入ってきた。

仕事帰り、東武練馬駅前のレコード屋に立ち寄ると、ちょいちょい顔を出していたからか、そこの店員が俊夫の好みをそれとなく分かっていて声を掛けてきた。

「十月にサンタナのアルバムでるみたいだよ」

「本当?」

これといった刺激もなくダラダラな毎日を送っていた俊夫は、目を輝かせて聞き入った。

「うん、ほら十月十一日発売」

と言って新譜情報とかいう冊子を見せてくれた。

『サンタナ、キャラバンサライ』

小さい写真、ジャケットだろうか、青色の中に太陽?　とラクダの群れの様な物が映っている。

聴きたい。

嬉しくなって、ありがとうと言い即予約した。

そして、十一日、二千二百円で手に入れた。

『キャラバンサライ』

部屋に帰り早速ナショナルのステレオに針を下ろすと、左右のスピーカーから、鈴虫？みたいな音が聞こえてきて、サックス、パーカッションが入り、幻想の世界が始まった。

『天の守護神』から、『サンタナⅢ』へと、激しく暴力的なサウンドに酔いしれていた俊夫は次のアルバムに期待していたのだが、噂によるとサンタナⅢ発表の後、多くのメンバーが去り新たなメンバーで再出発しただとか、カルロス・サンタナがインドの宗教に没頭しだしたとか、あまりいい噂を聞いていなかったので、どんなアルバムだろうと期待と不安が入り乱れていたのだった。

正直、期待が大きかったからか、物足りないな、終わりだな、ここまでだなと思った。それなりの音だがブルッとこない、鳥肌物じゃないし特にボーカルが頂けない。Ⅲのグレックローリーのような甘いブルース調の声じゃなく、線香を焚いてる中で演奏しているような宗教的な雰囲気も感じて、だめだと思った。

でも、その中で唯一、B面最後の曲『果てしなき道』だけは圧巻で鳥肌物だった。

その後のアルバムも買う事になるが、『ウェルカム』『不死蝶・バタフライ』とがっかりする事になり、やはり『サンタナⅢ』が最高だと思った。

十月、十一月と、これといって変わった事もなく職場とアパートを往復し、定食屋、銭湯、ゴキブリと格闘する毎日だったが、師走に入り、ボーナス、正月と、世の中が慌ただしくなってきた様に感じられた。

　ボーナス、八万八千円。

　五万貯金して、二十九日帰ると書いた手紙と一緒に、二万円梅之に送った。

　その頃の俊夫の身なりといえば、東京にも慣れ、ビートルズではないが長髪で薄汚れたジーンズ姿が定番で、大人になろうと背伸びしてたのか分からないが、未成年で一日十本程度たばこを吸うようになっていた。

　赤いパッケージのチェリーで、当然法律違反だが、職場でもどこでもとがめる人はいなかった。

　数日後、ヨレヨレの字の手紙が梅之から届いて、お金のお礼と正月楽しみにしてる、気をつけて帰ってこいと書いてあった。

　二十五日、給料を職長から貰ったが手渡そうと送らず、二十九日九時、奥羽本線、特急自由席に乗車したのだったが、車内はスキー板を持った人とかもいて満員でとても座る事など出来ず、車内中央の通路で身動きがとれず立ちっぱなしだったけど、何故か梅之と勇喜夫に会えると思うと苦痛に感じなかった。

　そして、うっすらと雪化粧した山形駅に到着し、ホームでかけそばを食べ左沢線に乗り込むと、懐かしい風景が車窓を流れて行って寒河江駅に到着した。

　でもズックを履いていた為、積もった雪に足を取られない様に慎重に歩いて線路を渡り、むつみ荘を横目に見て柳生食堂を通り過ぎると懐かしい我が家が見えてきた。

そして、たぶん繁美叔父さんがやってくれたのだろう、壁沿いにトタンで雪囲いがされているのが目に入った。

「ただいま」

玄関の引き戸を開けると、

「あら、来たんだがやあ」

と言いながら、奥から梅之とゴンベイが現れて、

「なんだあ、大丈夫が。痩せたんじゃないがや」

と、しげしげと俊夫を見つめた。

「大丈夫、大丈夫」

と答え、ズックを脱いでゴンベイを抱っこして中へ入ると、テレビを見ている勇喜夫がいた。

「おう久しぶり、元気か?」

「うん」

一瞬振り向いたが、すぐに背を向けてテレビに見入った。

仏壇で線香を上げるよう梅之に促され、手を合わせた。

昔から、勇喜夫とはそんな調子で特別仲がいいという訳でもなかったが、離れて初めて気に掛ける様になっていた。

「おみやげ、何がいいか分からなかったから、はい万年筆」

それはパイロットの高級品で、兄弟の中でダントツの高成績だった勇喜夫へと、池袋の東武デパートで買った物だったが、勇喜夫は、ありがとうと特段喜ぶそぶりも見せず受け取ったので、なんだ反抗期か?と思うのだった。

母に雷おこしと文明堂のカステラを渡して、送らなかった今月分と言いながら裸で一万円を渡したら、なんだボーナス分貰ったばかりで悪いなと俊夫ではなくお札に一礼し、勇吉の仏壇にそっと置いたのだった。

すっかり晩酌が当たり前になっていた俊夫は、叔父さんの酒を拝借しておみ漬けを肴に盃が進むと、少し驚くような顔をする梅之に、入社してすぐ先輩に酒を覚え込まされたゲロの話をしたら納得した様子だった。

カラガイ、昆布巻き、何を食べても美味しいお袋の味で幸せだった。

ゴンベイは梅之が動く度にその後を追いかけ、座ればその横で丸くなっているから可愛くて仕方ない様子だった。

次の日、勇喜夫の長靴を借りて久しぶりに最上川へ行ってみたが、行く途中の桃の木は、必死に寒さに耐えようとしている様で可哀想だった。

川の音が聞こえてきて岩場に着くと、水量は少なく、大小の岩に雪が固まって凍りついていて下に下りるのは危なく思えたけど、慎重に手をつきながら下りていった。

懐かしい。

よく寝っ転がった平べったい岩がそのままあって、しばらくボンヤリしながら、やっぱり田舎はいいなあとしみじみ思うのだった。

正月用の餅は、西寒河江の米屋に頼むのが常だったので、午後、鏡餅とのし餅二つを自転車で引き取りに行って、定番の、納豆、あんこ、きなこ、くるみと雑煮を頂き、本当に美味しくて大満足だった。

そして、あっという間に休みが終わろうとしていた三日の夜、勇喜夫に話しかけた。

「高校受験だよな。どうすんだ」

何処を受けるかは、すでに母から聞いていたけど、俊夫の顔を見て勇喜夫は、

「寒高」

とだけ答えた。

「一本か？」

うなずく勇喜夫に俊夫は言った。

「お前の頭なら寒高、大丈夫だろうけど、まあ頑張ってみろ」

「俺、勉強好きだげど、寒高落ちてすぐ働ぐのだけは嫌なんだ。受がるとは思うけど」

と驚いた事に、本心を言った。

梅之も初めて聞いたみたいだったし、俊夫もちょっとビックリしたが、すぐ、

「ああ、そうか、わかった」

と言い、受かるといいなと思ったのだった。

梅之の話では、担任から寒河江高校上位合格間違いないだろうと言われているとの事

だったので安心はしていたけど、少し打ち解けてくれた様な態度にホッとし、ゴキブリアパートへと帰って行った。

そして三月上旬、合格の一報を聞いてホッとしたのだった。

合格祝いに何がほしいか聴いてくれと言うと、カセットラジオが欲しいと言われたので東武デパートへ行き、シャープのＦＭラジオが聴けてカセットも聴ける物を選んで送った。

一万三千円だった。

繁美叔父さんからは、定番の腕時計を貰ったみたいだ。

寒河江高校は、卒業生の九割が大学へ進学する県内きっての進学校だったけど、森本家には、勇喜夫を大学に行かせてやる様な経済的余裕はなかった。

しばらくぶりに下駄の信一と池野家へお邪魔したら皆変わりないらしく、高橋夫婦は池野の奥のアパートへ越してくる事になって、引っ越しは池野が現場のダンプカーを運転手付きで用意するとの事で、信一と俊夫は船橋へ行って荷造りを手伝ってくれと言われた。

池野はホープ、鋼三郎と信一はハイライト、俊夫はチェリーとモクモク煙がたなびいているその中に、赤ん坊の義宜と四歳の忠義、啓子、陽子がいる訳で、今では受動喫煙で大問題になるだろうが、当時は誰も何とも思わない脳天気な時代だった。

そしてこのメンバーが集まると、必ず話題にのぼる事がある。

それは、

「この先、田舎どうなるんだろうね」

と言う決まり文句だ。

勇喜夫が卒業して、もし東京へでも出てきたら、田舎、梅之とゴンベイだけになっちゃうと言う事実だったが結論は出ず、うやむやのまま高橋夫婦は船橋に帰り、信一と俊夫は泊まって朝早く、カランコロンで職場へと向かった。

四月二十二日は快晴で絶好の引っ越し日和で、日曜と言う事もあり電車はガラガラで容易に船橋へ着いたが、信一はもう来ていて、食器など段ボールに殆ど詰め終えていて車を待っている状態だった。

そして九時を少し回った頃、ブンブンと大きなエンジン音を響かせてダンプカーが到着し、

「お待たせ、お待たせ」

と、ダミ声の池野が降りてきた。

ダンプカーの荷台が高くて荷物を積み込むのに苦労したが、積み終えた荷台を見て皆で爆笑した。

大きな荷台の片隅に、申し訳なさそうにチョコッと段ボール類と布団が積まれていたからだった。

運転手と池野、鋼三郎の三人がダンプに乗り、他は電車で新所沢へ向かったのだが、何故か到着はダンプカーの方が早かった。

二階への運び込みが狭い階段の上り下りで結構きつかったけど無事に終了し、その夜は、

引越祝いなのか寿司とか豪華な夕食だった。

　俊夫は念願叶ってアパート暮らしを始め悠々自適なはずだったが、正直言うと土日の自炊が億劫になっていて啓子が言ってた、

「寮に居れば栄養の面でも心配しなくていいでしょう」

が胸に刺さったりしたが、この日を境に、週末、信一と新所沢へお邪魔する事が多くなっていき助かった。

　そんな時、サンタナがやってくるというニュースが飛び込んできた。

　七月六日『日本武道館』。

　サンタナⅢ発表後、主要メンバーが脱退したり、カルロス・サンタナ自身が宗教にはまっているみたいな事を耳にしていたから、来日公演と聞いても胸躍る感じではなかったけど、生であのギターを聴いてみたい、見てみたい思いは強く、A席2階東スタンドD列22番を二千四百円で買ったのだった。

　ミュージックライフの特集記事を読むと、ヴォーカルにゴスペル歌手を連れてくるとか、ベースが代わっただとか、いろんな情報が有り当日を迎えた。

　武道館は初めてで心配だったが九段下駅を出ると長蛇の列が出来ていて、直感的にこれについて行けば間違いないなと思い列に加わったら、案の定、日本武道館へと続いていた。

　古びた、しかし趣のある面構えの建物が見えてきて、神社の境内へ入る様な階段を上り中へ入ると、その大きさと形に圧倒された。

すり鉢状で、六角形だか八角形だか分からない客席、中央の奥に小さく見える観葉植物みたいな物を飾ったステージを横目に見ながら、D列22番へ腰を下ろした。

人の数はみるみるうちに増えていき、見渡すといつしかぎっしりになっていた。

俊夫は、自分と同じようにサンタナⅢを最高だと思う人がこの中にどれ位いるだろう等と考えながら公演が始まるのを待ったのだったが、なかなか始まらない。

定刻を約五分過ぎると客席が徐々に暗くなり、ステージに淡い照明が当たって、スタッフだろう人の影が動いているのが見え、左の隅の方で照明に照らされた、なんか煙がモクモクしだした。

同時に、少し甘い香りが漂ってくるのが分かった。

線香？　お香？

ああ、宗教的儀式か。

戸惑う俊夫。

薄暗いままで、なかなか始まらない。

あっ、出てきた。

ドラム、パーカッション、キーボード、それぞれ持ち場に付くのが何となく確認できる。

そして、一番右に白いスーツ姿のカルロス・サンタナだろう姿も見える。

少し間を置いて、

「皆さんようこそ。これから一分間の黙祷を行います。その後、サンタナバンドの素晴らしい演奏が始まります。どうぞお楽しみください」

とアナウンスが入って薄暗いまま一分間の重苦しい静寂の後、キーボードの音から演奏が始まった。

でも、ギターの音が今ひとつクリアでない、こもっている、聞こえる音がよくない。

ギターだけじゃなく、パーカッションの音もこもっているが、辛うじてベースだけはいい。

ブラック・マジック・ウーマンも、ブルースっぽくなくて良いとは思えず、周りはイントロで総立ちだったが、俊夫は立たなかった。

当初の予想通り、サンタナを生で見られた事は良かったしそれなりに興奮もしたが、今ひとつだなと思って帰ったのだった。

変わり栄えしない毎日の単純作業に、皆生活に追われているとはいえ、何を楽しみに生きてるんだろうなんて哲学的な事を考え始めるのだったが、そんな俊夫に、同じ職場の刈谷さんという四十過ぎぐらいの人が声をかけてきた。

「森本君、毎日刺激がなくてつまらないみたいだね。今度の土曜日、ちょっとした集会があるんだけど参加しない？」

同僚の先輩の誘いに断りづらかったたし、どうせ暇だったたから行きますと答えた。

そして当日、教えられた住所に行ってみると普通の一軒家で、中からざわざわと人の声が聞こえてきた。

「ああ、森本君、入って入って」

刈谷さんが手招きして俊夫を呼んでいる。

人をかき分け呼ばれた方へ行って刈谷さんの隣に座ったが、集まっていたのは十数人の男の人達だった。

おもむろに一人の人が立ち上がり、

「それでは板橋地区の青年部、集会を始めます。今日は8ミリ映画の上映を行い、知識の向上を図りたいと思います」

と言い、映画が始まった。

何の集まりだ？

映画は素人がハンディカメラで撮ったみたいな白黒で画面が揺れて見づらく、モスクワ市内や赤の広場を延々と映しており、音は無かった。

先程の人が原稿を見ながら、共産主義の正当性、平等、格差のない生活など、共産主義こそ理想の社会だと話し始めた。

なんと、共産党青年部の集会だったのだ。

俊夫は、毎日の生活のつまらなさ、刺激のなさなどで毛嫌いするどころか、話に共感を覚え真剣に聞いていたが、隣にいる刈谷さんは、手応え有りと薄ら笑いを浮かべている様だった。

我々の暮らしが一向に良くならないのは、大企業優先、金持ち優先の政治のせいで、これを打ち破るには共産主義を掲げ、みな平等で格差のない社会を目指す、日本共産党が躍進するしかないのだと熱く語る青年部幹部に、そうだそうだと皆と一緒になって拍手する俊夫だった。

次の週から、刈谷さんが冊子やチラシを手渡しする事が多くなってきて、集会に参加する回数も増えていった。

そして九月の連休、信一と恒例の新所沢詣でだ。

陽子が、四谷までの通勤が大変で暮れのボーナス貰ったら仕事辞めて、こちらでパートでも探すみたいだ。

俊夫は、世の中の不条理さや不公平さ等を話したかったが、何を言われるか分からないと思いやめた。

信一は油まみれで問題なく順調らしく、池野も順調で、何でも今年入間市に△△音楽学園が進出して来て、その外構工事を受注したみたいで忙しいとの事だった。

幼稚園と高校、大学の校舎を新築するみたいで莫大な規模になるらしく、その工事に入り込めたので大きな利益が見込まれ、万々歳だと笑いながら話すのだった。

暮れはどうするんだと言う話になり、高橋と信一、俊夫は田舎へ帰り、池野家は、池野の実家である佐渡の方へ帰ると言う事で、年の暮れ、俊夫達は皆田舎で顔を合わせたのだった。

餅を引き取りに行き、正月の準備が出来上がって、紅白歌合戦を見ながら俊夫と鋼三郎は酒を飲み、他の者は、お茶を飲みながら大晦日を過ごしていた。

「よし、行くぞ」

紅白歌合戦が終わったと同時に信一が声をかけ、立ち上がった。

鋼三郎は酔い潰れて寝ていて、梅之はゴンベイと居ると言い、陽子と俊夫、勇喜夫、信一の四人で八幡様へ初詣に行った。

境内はもう多くの人が鐘つきの順番待ちで行列を作っていて、皆その列に加わると、おめでとうの声があちこちから聞こえてきた。

年が明けたのだ。

皆で顔を見合わせ、おめでとうと言い、やっと順番が来て代わる代わる鐘をついて、漠然と、「今年一年、健康でありますように」手を合わせた。

そして明日帰るという三日の夜、食事をしながら、

「母ちゃん、勇喜夫卒業して東京へでも行くなんてなったらどうするの？」

と陽子が言い出した。

梅之は別に驚く様子もなく、

「どうするって、どうもしねえべえ、ゴンちゃんとこのままだあ」

と答えた。

自分が慣れ親しんだ所を離れるなんて考えられないとか、ゴンベイが居るから寂しくないとも言った。

そりゃそうだろう、ここなら内職の友達もいるし、叔父さん達親類もいるし、と思う俊夫だった。

製版するドラムの片隅に灰皿が置いてあり、俊夫はチェリーを吸いながら古賀とロックについて話していた。

ビートルズ、ローリングストーンズは当たり前の話題だったが、ディープパープル、レッド・ツェッペリンを語るのが通だと、訳の分からない事を言う俊夫だった。

ボーカルのイアンギランが抜けて、新人のデイヴィッド・カヴァデールが加入したディープパープルは初のアルバムを出すらしく、評判いいみたいだと古賀が言い、リッチー・ブラックモアのギターは最高だけど、レッド・ツェッペリンの「天国への階段」は鳥肌もんだと俊夫が応じて盛り上がっていた。

そして、二月に発売になったディープパープルのアルバム『紫の炎』は衝撃的で、それこそ鳥肌が立った。

一曲目、『バーン』。

ブラックモアの華麗なギターで始まり、カヴァデールのしわがれたヴォーカルが重なって一気に突っ走るサウンド、途中のギターソロ、キーボードソロと、なんとエキサイティングなんだ。

凄い、凄すぎる。

今まで耳にした事のない突っ走るサウンドに魅せられ、言うまでもなく、毎日毎日バーンだった。

そんなロックの生活の中でも、刈谷さんからの色々なアタックは日に日に激しさを増していった。

その中に、『大阪で戦う十人の仲間達』という、職場で共産党員だという理由だけで差別を受け、裁判で争っている仲間達の記録を綴った冊子が有り、なんと理不尽なんだと憤慨した俊夫は激励の手紙を書く様になっていった。

その背景には、マンネリな生活のつまらなさやこのまま一生終わるのかと言う漠然とした不安が有り、打ち込める何か情熱を求めていたのかも知れないし、仕事へ打ち込む態度も段々いい加減になって行き、ずる休みを頻繁にするようになっていったのだった。

四月に入ると職長から池野に、森本君が頻繁に休む様になって少し困っていると電話が入ったが、池野はよく言い聞かせますとその場を繕い、謝って受話器を置いたのだった。

二十一日、何も知らない俊夫は、信一と待ち合わせて新所沢へ向かった。

そして、家に入ると池野が開口一番、

「トシ、休みが多いって会社の上司から電話あったぞ」

と言った。

「何やってんの？　具合悪かったの？　病院行った？」

と啓子。

俊夫は突然の話に驚いたが、毎日のつまらなさや世の中の不条理さなど、この時だと思い吐き出した。

「自分の思い通りになる世の中なんてないわよ。皆しょうがなくて生活のため頑張ってるんだから。もっと大人になんなきゃだめだよ」

と、諭すように陽子に言われた。

「第一その格好がいけないんだよ。もう少し、小綺麗にしたら？」

啓子が追い打ちを掛ける様に言ったけど、薄いポロシャツにヨレヨレのジーンズ、肩まで伸びた髪では誰が見ても清潔とはいえない風情だった。

「ああ、そういえばこの前、映画見ようと銀座歩いてたら、交番のお巡りからどこ行くんだと職務質問されたんだよ。どこだっていいだろうって睨み返してやったんだ」

と思い出して俊夫が言った。

「ほらそうでしょう？　おかしく映るんだよ、その格好が」

と又啓子が言い、世の中の方がおかしいと俊夫が反論すると、池野の、とにかく仕事迷惑掛けないようにやれとの一言でその場は収まった。

四月五月と、相変わらずダラダラな仕事態度と大阪支援手紙投函で慌ただしく過ぎていってたが、刈谷さんから、それとなく遠回しに共産党青年部への入部を打診された。

しかし俊夫は、古賀に、刈谷とあまり親しくしない方がお前のためだと言われていたし、入部まではと躊躇するのだった。

古賀の助言通り、いいと思った事が世の中全部通るとは限らないし、正義だけで生きていけない事は分かっているつもりだった。

そんな七月のある日、覇気のない俊夫に職場ナンバー2の樋口さんが、

「何ダラダラやってるんだ、最近版の出来が悪いぞ、俺たちプロなんだから。少しでもいい物作ろうと皆頑張ってるのに……そんないい加減な事しかできないんだったらやめちまえ」

と怒鳴った。

そばにいた古賀も驚いた様子だったが、突然の事に返す言葉も見つからず黙っていると追い打ちを掛ける様に、

「気持ちが入ってないんだよ、仕事への気持ちが。どうすりゃこんないい加減な性格になるんだろう、親の顔を見てみたいよ」

と言った。

「てめえ、親の事口に出したな」

言うのと同時に俊夫は、樋口さんの胸ぐらをつかんで殴りかかろうとしていた。

「やめろ」

古賀が必死に止めに入ったが樋口さんも俊夫も顔面蒼白で、騒ぎを聞きつけた職場の人達が駆け寄ってきて騒然となった。

樋口さんに謝れと職長に言われたが、俊夫は睨んだまま黙っていた。

腹の中でこの野郎と思っていたし、ここまでだな、終わりだなとも思った。

もう一度職長から謝るように言われ、俊夫は黙ったまま頭だけ下げた。

そしてモヤモヤしたまま仕事をこなし、終業後、職長の所へ行った。

「迷惑掛けてすみませんでした。親の事口に出されたのでついかあっとなっちゃって。もうこれ以上やっていけないので辞めます」

「うん？　そうか……辞めてどうするんだ。行くとこあるのか？　よく考えな。今日の件は一応部長には話して置くけど」

と言われたが、強く慰留はされなかった。

当然だろう。

会社が最も嫌う共産党へ傾いている事は知っていただろうし、仕事への態度等かばう要素は見つからなかったのだから。

帰りに古賀が成増駅の改札口で待っていて、どこかで一杯やろうと誘ってくれたが、一人になりたいと断った。

大丈夫、樋口さんはキツい性格だからあまり気にするな、明日から普通にすればいいから頑張ろうと励まされ、東武練馬駅で別れた。

部屋に帰り、ボンヤリと幼稚園の園庭を眺めていたら、誰かがドアを叩く音ではっとしてドアを開けた。

刈谷さんだった。

「いやあ、どうしてるかなと思って」

立ち話もなんだと思ったけど中に入れる気にもなれず、刈谷さんは突っ立ったまま盛んに樋口さんの悪口を言い、俺が付いてるから頑張ろうみたいな事を言い、今度の土曜日、集会があるから一緒に出ようと誘われたのだったが、

「もういい加減にしてくれない？　集会どころじゃないよ。世の中正しい事だけ追求してもどうしようもないんだよ。俺はもうそんな元気もないし正義感も沸かないんだ。もうかまわないでくれ。帰ってください」

声を震わせながら叫ぶと何故だか涙が溢れてきた。

ビックリした刈谷さんは、落ち着け、冷静になれ、又話そうと言い残し帰っていったのだったが、俊夫はもうどうでもいいと思った。

次の日は土曜日だったが連絡も入れず無断欠勤して、一日中ボンヤリしていた。

そして次の日の日曜日、連絡もせず新所沢へ行ったら、高橋夫婦も何事だと池野家へ集まってきた。

今までのいきさつを話し、もう無理だ、辞めると告げると、

「いつか、こうなるんじゃないかと思っていたのよ」

ため息をつきながら啓子が言った。

「本人がもうダメだ、行かないと言ってるんじゃ、しょうがないんじゃない？」

珍しく鋼三郎。

「そうだな、どうしようもないな。でも辞め方だけはきちんとしろよ。ずるずるじゃなくしっかりやれ」

　と、池野に言われ、

「うん、きちんとやります」

　と答えた。

「これからどうするのよ。母ちゃんビックリするだろうに」

　と陽子。

　明日職長に辞める事を伝えると言い、啓子に夕飯を勧められたが、一刻も早くその場を離れたかったので食べないで帰った。

　月曜日、八時前にタイムカードを押して職場に入ったら、まだ誰も来ていなかった。最初に古参の吉田さんが入ってきて、俊夫を見つけると少し驚いた顔で会釈した。職長も入って来てちょっと来るように言われたが、無断欠勤の事を言われると思い先手を打った。

「無断で休んですみませんでした。色々考えまして、申し訳ありませんが今月で退職したいと思います。どうも今まで色々ご迷惑を掛けてすみませんでした」

　と一礼した。

　特段、驚いた様子も見せず、

「そうか、これからだと思っていたのに残念だな、分かった。部長が見えたら一緒に行こう。取りあえず仕事に取りかかっていてくれ」

と言われて月曜恒例の版運びへと向かったのだったが、古賀と顔を合わせ、辞めるのかと問われ黙ってうなずいた。

沈黙のまま版運搬をこなし戻っていくと、部長の所へ行こうと職長が近づいてきた。

ハイと答え後に続いて階段を上っていき、どやどやと慌ただしい人をかき分け、部長の所へたどり着いた。

小太りで割腹のいい部長は誰かと話していたが、チラッとこちらを見ると話を中断し、相手を追い払って近づいてきた。

「どうしたんだって？　本当に辞めるのか？」

答えようとしたら、

「申し訳ありません。私の指導不足でこんな事になってしまいまして」

と職長が割り込んできた。

「いや、森本に聞いてんだよ」

職長の方を見ず、俊夫を見て問いただした。

「はい、色々ご迷惑おかけしまして申し訳ありませんでした。辞めさせて頂きたく思います」

ジイッと見つめていた部長は、

「よし、分かった、了解した。このまま小川君の所へ行きなさい。今までご苦労さん。新しい生活でも頑張りなさい」

と少し笑いながら話され、ありがとうございますと一礼して職長と戻ったのだった。

小川課長の所には自分一人で行きますからと職長に言い、本社二階の総務部へ行ったら
すでに話は伝わっていたみたいで、

「よお森本君、どうぞこっちへ」

と手招きされて奥のソファーへ座った。

「残念だなあ、これから頑張ってくれると思っていたのに」

「いえ、色々ご迷惑おかけして申し訳ありませんでした」

「まあまだ若いんだから頑張ってね。今月中って話だけど、事務処理が間に合わないんだ
よ。早くて八月五日になるけど」

「分かりました。宜しくお願いします」

と言って何枚かの書類を貰い職場へ戻った。

職長に五日で退職する事になったと報告し、明日から五日まで年休を頂きたいと言い了
解された。

その夜、池野に五日退職だと電話を入れ、その後、仕方なく高橋商店経由で梅之に電話
した。

「分かった、五日で終わるんだかあ、だったら早ぐ帰ってこい」

と、フーフー荒いが小さな声でそう言ってくれた。

びっくりもしていない穏やかな声に、当然姉達から事情は聴いているのだろうと思ったけど、これからどうしよう、金も入ってこないし、取りあえず十二万の貯金で何とかしようと思うしかなかった。

五日に持って行く書類に記入していた二日の夜、刈谷さんが又来て話したいと言われたが、もう田舎へ帰るからかまわないでくれと伝えドアを開けなかったら、少し沈黙した後、分かったと言い立ち去っていった。

相変わらず大阪差別闘争の冊子は送られてきていたが、共産党も大阪支援も、もうどうでも良くなっていて見ないで破いて捨てた。

そして五日の月曜日、厚生年金等いろんな書類を持って、最後の挨拶へと職場へ向かった。

総務部で書類を確認して貰い、その後写真部で挨拶し、製版部の皆の所へ行ったが、最後まで樋口さんとは目を合わせなかった。

こうして、二年半の○○印刷勤務が終わったのだった。


退職した俊夫は、就職の当てもなく田舎へ帰る事になったが、アパートはそのままにして大掛かりな荷物は持たず、バック一つに洋服と下着を詰め込んで列車に乗った。

八月上旬で暑さも真っ盛り、その日は特に暑い日で、山形へ降り立った時は日本最高気温保持県の名の通り、東京より数段暑く感じた。

実家へ着いて中に入ると、梅之とゴン、勇喜夫がゴロリ横になってバテていて、三笠山のどら焼きを梅之に渡し、俊夫も横になりウウッと背伸びした。

辞めたいきさつ等を聞かれると覚悟を決めていたが、何故か梅之は一切聞かなかった。

親の悪口を言われて喧嘩になったなんて事を言いたくなかったから助かった。

「いずまでいるんだあ（いつまで居るんだ）」

勇喜夫の一言に、一瞬言葉に詰まったが、

「仕事決まるまでだべ、まだわがんねえ」

と答えた。

「いいべえ自分の家なんだから。少し楽して休めば」

梅之が言ってくれた言葉に救われた。

こうして田舎でののんびりした暮らしが始まったのだったが、一週間ほど、最上川へ行ったり桃畑やブドウ畑を見たりして過ごしたけど何か落ち着かないし、ゴンベイと遊んでいても心から楽しめない。

げんきんなもので、緊張感のない生活に若さを持て余してしまい、その上、毎月の給料が入ってこない現実に不安を感じてしまったのだ。

さらに狭い寒河江の街では、『森本さんの次男が東京から帰ってきたんだって』と噂に上っていたみたいで、それも気になって仕方なかった。

「母ちゃん、俺どうすっぺ」

「なに。ゆっくりすりゃいいべ、少ししてがら考えりゃいいべっちゃ」

「東京での暮らしに疲れて早ぐ帰りたいって思ってたけど、いざ帰ってきたら、この先どうなるんだが不安でならないいんだっちゃ。はだらがなきゃ（働かなきゃ）」

と、将来への不安を口にする様になってしまったのだ。

数日後、

「池野さんさ、聞いてみっか」

と梅之が言うので、二人で高橋商店へ電話を借りに行った。

どこに掛けるんだろうと耳をそばだてる夫婦の横で、

「池野さん？　悪いんだけど俊夫どこかいいとこないかねえ。もう暇で飽きちゃって、働かなきゃって言うんですよ。俊夫と代わるがら……」

「ああすみません、俊夫です。ちょっと不安になっちゃって」

「ええっ、まだ一週間ちょっとだろう。……でもねトシ、俺も気になって色々当たってるから、ちょっと待ってな」

「はい、そうですか、分かりました。待ちますので宜しくお願いします」

と頼んで電話を切り、交換手から言われた百十円を高橋さんに支払った。

「池野さん、探してくれているんだって。えがったな」

「うん、待ってるべ」

と、少し安心する俊夫だった。

九月に入り徳丸の家賃を振り込んで、ブラブラしていたら池野から連絡がきた。

「トシ、問題が起きたぜ。何だ？　大阪差別闘争支援って。そういう活動してるのか？　そんな活動してたら就職なんて無理だぞ。取りあえず活動なんかしていないって答えておいたけど」

と言う、思いもよらない電話だった。

「すみません。いや、活動に加わるように誘いを受けたんだけど断りました。印刷会社の時の話で、今は何の関係もありません」

「そうか分かった、本当だな。もしそんな事していたら就職斡旋なんて無理だからな。この先勇喜夫が就職するなんて時になっても、いいとこなんて入れなくなるから……世の中なんてそういうものだから」

畳みかける様な言葉にショックを受けた。

家へ帰ると、

「なんだったや、池野さん」

問いかける梅之に、

「まだ決まんねえって」

と答えるのが精一杯だった。

勇喜夫を見ると、ちゃぶ台に参考書を広げ勉強していたがその姿がやけに印象的で、池野に言われた勇喜夫の就職にも影響すると言う意味を考えながら、もう高校二年かあと思った。

それから一週間ほど経った九月十六日、敬老の日の振替休日、フウフウ言いながら高橋商店のおじさんが電話だと伝えに来た。

やはり池野だった。

「ああトシ、俺だ、決まったぞ。大学の職員だ。聞いた事あるか？ △△音楽大学。上手く入れたら定年が六十五歳だぞ。今の時代こんないい条件ないぜ。どうだ？ いい話だろう」

当時の一般企業の定年は、良い所で五十五歳だったから、六十五歳と言う事を池野は魅力的に感じていたのだが、正直言って俊夫はピンとこなかった。

「あのう、聞いた事ない名前だけど、そこで何するの？」

「ああごめん、ごめん。管理部門に入って施設を見るんだよ。色々勉強する様になるとは思うけど」

池野は盛んに進めるのだが、大学の施設？漠然とする中で、早く勤めたい気持ちもある一方で、逆に言うと選択肢はなくて、

「分かりました。お願いします」

と答えるしかなかった。

「よし、じゃ進めるよ。面接日決まったら又連絡するから待っててくれ。長くなったからお母さんと代わらなくていいよ。よろしく伝えてくれ」

と一方的に電話を切った。

「大学だって」

母の顔を見て言うと、

「なんだあ。勤まるんだがや」

と、少し不安そうに言うのだった。

家に帰り、勇喜夫に話をすると、

「へえ、いいなあ大学」

と、意味不明な事を言われた。

池野は、入間市に大々的にキャンパスを繰り広げようとしていた△△音楽大学の造成工事を請け負っていたので、その大学関係者と面識が生まれ、俊夫の事をお願いしたのだった。

その日から数日後、十月十一日、十時から面接だと連絡が入り、西武池袋線『江古田駅』で、待ち合わせようと言われた。

大学の本部がそこにあるらしい。

池野の家へ行く時通過していた駅名だったので知ってはいたが下車した事はなく、当日九時半に改札で待ち合わす約束をして、梅之に身体大事にしろ、勇喜夫に勉強頑張れと言いゴンベイにバイバイして、慌ただしく徳丸へと帰って行ったのだった。

一張羅の背広を着て江古田駅で池野を待つと、九時四十分、ごめんごめんといいながら現れて急ごうと促され、北口、浅間神社の横を曲がり、江古田斎場を右に見ながらなだらかな坂道を上ると、四階建ての大学の正門が見えてきた。

大谷石の門を通り、中央の池の前から建物に入ってまっすぐ突き当たりまで進み、そこを左に曲がった少し先に、『管理部第二課』と言うアクリルの札が眼に入った。

池野はノックをして中へ入り、おはようございますと親しげに挨拶すると、中には、一番奥に白髪交じりの四十代後半ぐらいの人と、六十ぐらいのおじさん、三十代のメガネを掛けた三人が座っていた。

「部長に会いに来た、弟の森本俊夫です」

と池野が紹介し、俊夫は黙ってお辞儀をしたら、

「はいはい、聞いてます」

と白髪の人が席を立って、小さなソファーに座るよう言い残しドアを開け出ていった。

少しして、

「池野さん、いいそうです。どうぞ行ってください」

ドアを開け、半身になりながら告げた。

廊下を挟んだ向かいの部屋に、『管理部長室』と同じアクリル板が貼られており、それを見ながらノックをして中へ入った。

応接セットの奥に大きな事務机があり、そこに、そんなに大きくはないがなんか威圧感を感じる人が座っていた。

「部長おはようございます。弟の森本俊夫を連れてきました。今日は宜しくお願いします」

　と池野が挨拶すると、

「うん？　まあ座りなさい」

　と言いながら椅子から立ち上がり、こちらへ向かってきた。

　池野と二人でソファーの前に行き、俊夫は腰を下ろそうとしたが池野が立ったままだったのでそのままでいると部長が来て腰を下ろし、続いて池野が座り、俊夫は、これが大人の世界かと思いながら座った。

「二十歳か、若いな。どうだ、内は音楽大学だけど音楽に興味あるかい？」

「ハイ。クラッシックはよく分かりませんが音楽自体は好きです」

「まあ、大島のとこで少し勤めてみてどうかだな。池野、それでいいだろう？」

「はい。宜しくお願いします」

　と言い、あっと言う間に面接は終わった。

　前の部屋へ戻ると、やけに早かったなと白髪の人が微笑みながら言い、

「いやあ、後は大島さんにお願いしなさいとの事だったよ、頼みますよ」

　と、やけに親しげに池野が話した。

「分かった、部長から言われてるから。取りあえず紹介しよう。私は二課の課長で大島です。こちらの人が事務の佐々木さん、そして一緒に仕事をしてもらう川口さんです」

「よろしく」

社交辞令なのか、二人は立ち上がって頭を下げたので、反射的に俊夫も立ったまま頭を下げた。

「山形から出てきた口下手なんで、宜しくお願いしますよ」

とすかさず池野がフォローした。

「じゃ、学内を案内するか」

と、大島課長が席を立ち、池野と二人で後に続いた。

日本で最初に設置されたパイプオルガンがある『ヴェートーベンホール』と、少し小さな『モーツアルトホール』、教室、レッスン室、練習室、図書館、楽器博物館等、小一時間見て回ったが、あまりの広さに何が何だか訳が分からず、

「どこに何があるのか、覚えることから始めないとね」

と言う大島課長の言葉に頷きながら不安を覚える俊夫だった。

八時二十分始まりだから、作業着だけは持ってくるよう言われその日が終了し、駅前の定食屋でカツ丼を食べながら、

「どうだ？　勤まりそうか？　今の話だと、しばらくは見習いみたいだな」

と池野が言った。

「そうだね」

不安でそれしか答えられなかった。

池野と別れたその足で雑貨屋へ行き、薄緑色の作業着を買った。

次の日、十二日は土曜日だったが、東武練馬駅から池袋経由での江古田駅は、やけに新鮮に感じた。

少し早いとは思ったが八時に部屋に入ると、もう佐々木さんがいて、

「お早う、やけに早いね」

と挨拶されたが、少し赤ら顔で酒臭かった。

「お早うございます。早く目が覚めちゃって」

と答えた。

川口さんの隣が君の席だと言われ腰掛けていると課長が来て、二十分ちょっと前に急ぎ足で川口さんが入ってきた。

そして、

「それじゃ行こうか」

と即座に言われ、後に続いた。
○○印刷では、朝礼とかラジオ体操をしていたが、ここでは何も無いらしく、少し歩くと地下へ続く階段が有り、そこを降りていった。
そこにはロッカーが並んでいて、ここを使いなさいと言われ、細長いロッカーの一つがあてがわれ、昨日買った作業着に着替えた。

同じ様に着替えた川口さんの後に続いていくと、もう一つ下へ下りる階段があり、そこを下りきると、

「見たことある？　ボイラーだよ」

と言われた。

そこには、オフセット印刷の輪転機の様な大きな機械が二台鎮座していて、ゴウゴウと大きな音を立て、訳の分からない熱気と炎で熱く感じた。

「蒸気ボイラーで、学校全部の暖房をここで作っているんだよ」

と教えてくれた。

そのボイラーの前を進むとパーテーションで仕切られた一角があり、長椅子が二台と机が二台置かれていて、年配の人、四人がお茶を飲んでいた。

川口さんが、

「今日から働いて貰う森本さんです」

と紹介してくれて挨拶を交わした。

そして又先に進むと、鉄製のドアの前で立ち止まり、鍵を開けた。

『関係者以外立ち入り禁止』

『開放厳禁』

なんと物々しい場所だ。

そして『第一変電所』の看板も。

電気室だった。

危ないからねと一言いわれ中へ入ると、どこから聞こえてくるのか分からない、ブーンと腹に響く低い音がして、見渡すと色んな計器が並んでいる。

「俺は電気の方、さっきの人達がボイラー担当、あと運転手もいて、みんな二課の人達なんだ」

川口さんの言葉に、何一つやった事のない俊夫は勤まるのだろうかと益々不安になるのだった。

記録を取りながら異常がないか一通り見渡して、第二、第三変電所へと向かい、同じ様に点検して、これが毎日の朝の日課だと言われた。

部屋へ戻ると川口さんが校舎の図面らしき物を広げて、

「部屋番号とか学内全部載ってるから、どこに何があるか、暇を見つけて覚えるようにしな」

と言った。

地下から五階と塔屋まで校舎全部が載った、七枚の図面だった。

そして、練習室の蛍光灯が切れているから取り替えに行くと言われ、脚立と二十ワットの蛍光管を抱えて川口さんの後へ続いて行き、三階の小さな部屋の前でノックした。

「すみません。蛍光灯替えますね」

と川口さんが言い中へ入ると、アップライトピアノを弾いていた女の学生は一瞬こちらを見ただけで、ピアノを弾き続けていた。

俊夫から脚立を取り広げて跨がって、天井でピカピカ点滅している蛍光灯を手早く取り外し新品と交換して、あっという間に作業を終えて失礼しましたと言い、部屋を出た。

「こんな事よくあるんだ。今の部屋が３４５室、早く部屋番号を覚えないと仕事になんないから」

と笑いながら言われたが、笑い事ではないと思った。

昼になり、九号館の食堂に川口さんと昼飯を食べに行った。

十一時二十分から十二時二十分までが昼休みで、学生とは時間差があり空いていて、百六十円のカレーを食べたのだったが、安くて助かるけど味は今一だった。

午後は４９１室のステレオ故障で、予備のアンプとの入れ替え作業をやった。

仕事を覚えるのが大変だったが徳丸のアパートをそのままにして置いたので、寝泊まりや、風呂、食事で気を遣う事がなく、部屋へ帰ると図面とにらめっこ出来たので助かった。

大学の中の様子も徐々に分かってきた。

管理部は三課まで有り、一課は主に施設の管理（部屋の鍵管理やピアノ貸し出し）二課は施設運用（冷暖房、給排水、電気）三課は（資産管理）を受け持っていて、他は〇〇印刷と同様に、総務、人事、経理、広報等だった。

でも、さすがに音楽大学だなと思ったのは、演奏部という部署がある事だったし、学務部、学生部何て部署もあった。

そして、少しずつ部屋の配置も分かるようになった。

一階は、二桁数字。

二階は、２から始まる三桁数字。

三階は、３から始まる三桁数字。

四階は、４から始まる三桁数字。

地下は、５から始まる三桁数字だった。

十月、十一月と過ぎ、仕事にも慣れ始めた十二月初め、部長室へ呼ばれて、

「森本、よく頑張っているから、一月一日を持って職員として正式採用する事になったぞ」

と、辞令と書かれた紙を手渡された。

「ありがとうございます」

と一礼し二課に戻ると三人は薄々感じていたみたいで良かったなと言ってくれて、俊夫の正社員としての勤務が昭和五十年一月一日から始まったのだった。

しかし、ここに至るまでは大変だったらしく、俊夫が田舎にいる時尋ねられた、大阪差別闘争支援に関する事が大きく問題化され、池野は数回部長から呼び出しを受けたと後日聞いた。

「おい、お前の弟、NGだ。赤にかぶれた者を入れる訳にいかないから」

と部長に言われた池野は、

「いや、本人はちょこっとかじっただけで、今は何の興味もないと言ってるんですよ。信じてください」

「でも、次から次と手紙が来てるみたいじゃないか、続いてるんじゃないのか？」

「ああ言う連中はしつこいですからね。弟は読まずに捨ててると言ってますので私は弟を信じてます。部長、何かご迷惑掛けたら私が責任取りますから何とかお願いします」

と頭を下げたらしく、池野の言葉に最後は折れた形で採用が決まったとの事だった。

学内は、労使関係とか組合とは無縁で、理事長、総務部長、管理部長の三人で意思決定している様な状態で、教員は別として職員の採用は殆ど紹介や縁故関係で、管理部長が中心になり決定する状態だったみたいだ。

部長から辞令をもらった夜、池野にお礼の電話を入れたら、啓子共々すこぶる喜んでくれた。

江古田には三つの大学があり、学生の街と言ってもいい位で安い飲食店が数多くあって、俊夫の夕飯は必然的に東武練馬から江古田へと代わっていった。

とくに北口駅前の飲み屋『黒田武士』は、飲んで食べて千円でお釣りがくるほどリーズナブルな店でお気に入りだった。

川口さんは昭和二十年生まれで、俊夫と八歳違いだったが信一同様下戸だったし、独身で池袋に妹と住んでいて、帰りが駅まで一緒だったから、ある日黒田武士に誘ってみたらなんとついてきた。

今の職場の前はカメラのレンズを作る会社にいたが、電子工学院時代の同級生が音大にいて、自分は転職するから代わりに入ってくれないかと頼まれて入ったと、飲めないと言う割にはビールを飲みながら冗舌に話すのだった。

自分はもう電気工事士の免許持ってるからいいけど、ここにいるなら、ボイラーか電気工事士か、何かしら国家資格の免許を取った方がいいとアドバイスしてくれた。

少し酔いもまわってきたのでおあいそをして駅の階段を上ろうとした時、川口さんが逆方向へよろよろと歩き出した。

そっちじゃないよと言った途端、電信柱にしがみついてゲロゲロし始めた。

うわあっ、印刷会社以来のゲロだと思った。

涙流しながら、オエッ、オエッしていたが、幸い人の行き来も少なかったので、腕を抱えながらその場を離れた。

苦しいよと言うので、浅間神社の入り口にある石に座らせ、背中をさすりながら大丈夫か訪ねると、うん、うんとうなずいた。
四、五分そのままにして落ち着かせ、駅の手洗い所で水を飲ませたら顔の正気が戻ってきてホッとしたが、誘わなけりゃ良かったと思った。
ところがどっこい、さすがに次の日は辛そうだったが、川口さんの方から週一ぐらいのペースで誘うようになっていき、ビールしか飲まなかったけど、俊夫同様酒を覚えた様だった。

音楽大学だけあって、教室やオーディオ研究室とかいうところのステレオ機器は立派な物が多く、ジャパンシステムズという会社が出入りしていて、納品やメンテナンスを請け負っていた。

ほとんどが三菱電機製で、特にスピーカーはブランドのダイヤトーンだから、素人の俊夫が聞いてもいい音だなと思った。

六月過ぎ、仲良くなったジャパンシステムズの専務にダイヤトーンのスピーカーを安くしてもらい、徳丸のアパートへ運んで貰った。

卸価格で儲けなしだと言われ、二本で一万六千円払い痛い出費だったが、抜群の音色、音質だったから後悔しなかった。

紫の炎や、嵐の使者『ディープパープル』を聞いてみたが、重厚な低音、リッチー・ブラックモアの泣きのギター、凄い音だった。

勿論、隣に悪いから大音量でとは行かなかったけど、小さい音量でも充分満足できる音で、さすがダイヤトーンだと感心したのだった。

兄弟一優秀な成績だった勇喜夫が進路を決める時が迫ってきたと、梅之が陽子に言ってきた。

皆で金出し合って大学行かせてやろうなんて話をした時もあったが、

「とてもじゃないけど行かせてやれる状態じゃないよね、現実をみると。皆一杯一杯の生活を送っている訳だから」

と言う話になる。

そんな話を察したのか勇喜夫は、

「クラス殆どが大学行くし、俺も本当は行ぎだがったげど……金かがって大変なごどわがっから就職するって先生さ言ったんだ」

と梅之に告げた。

梅之は、

「んだがあ、えがせでやれなくて悪いなあ、ええどごあるどええげど（良い所あるといいけど）」

と、申し訳なさそうに言ったとの事だった。


ディープパープルは、ブラックモアが抜けてトミー・ボーリンとか言うギタリストが入ったと聞き、あの天才ギタリストに代わる人などいないと思ったからショックを受けた。

その上驚いた事に、新作アルバムをひっさげて、十二月、武道館にやってくるという。

そのアルバム『カム　テイスト　バンド』俺たちのバンドを味わってくれとでも言うのか、何という自信だと思い早速購入し、針を落としてみた。

ブラックモアの様な激しいプレイではなく少しポップな感じだったが、今までのディープパープルのハードな音と少し違うけどこれはこれで充分味わえる新生パープルだと感じ、早速、武道館のチケットを買ったのだった。

もう武道館は慣れたもので、今回はステージ向かって左側、二階席からの鑑賞だったが、大歓声の中、コンサートが始まった。

重厚、パワフル。

イアン・ペースの正確に刻むドラム、ジョン・リードの切ないキーボード、さあここでギターソロだと思ったら、あれ？　何か物足りない。

チョコッと弾いては後ろへ下がってしまう。

どうしたトミー・ボーリン。

音自体はいいのだが長く続かない消化不良のまま、終了したのだった。

後に出た雑誌の記事によると、トミーは、来日前に自宅で転倒し左指を負傷していて、ギターを弾く事自体危ぶまれていたとの事だったので、納得、納得とうなずく俊夫だった。

しかし彼は二枚のソロアルバムも発表しているが、ディープパープルに僅か二年在籍しただけで、コカイン中毒により死んでしまった。

残念、ショック。

年が明け、何だかんだで一年勤めたんだと少しホッとした気分になっていたが、そう言えば、勇喜夫、就職先どうしたんだろうと思っていた矢先、決まったと梅之から連絡が来た。

官庁街にある、半官半民の中小企業信用公庫とかいう所らしく、自分の様な労働者諸君じゃなく、さすが寒高だなと思った。

宿舎というか住む所は都内に用意してあるらしく、至れり尽くせりでいい所へ決まって良かったなと喜んだ。

こうして勇喜夫も四月から東京で勤め始めたのだったが、俊夫が上京してきた時は、池野や高橋が心配して色々面倒見てくれたけど、勇喜夫の場合は心配する事もなかったせいか、引っ越しを手伝う事もなく、住む所へ行く事もなかった。

「兄貴の所、行ってもいいかな」

少し経って池野の家に集まった時勇喜夫に言われたが、汚い四畳半のゴキブリ屋敷を見せたくなく、

「もうすぐ引っ越すからやめなよ」

思わず考えてもいない言葉を発してしまった。

「あら、何処に越すの？」

皆、興味津々で問い詰める。

「所沢」

またまた、デタラメ。

更に、

「不動産屋に当たってる所なんだ。場所はまだ決まってないけど」

よく言えたもんだと自分でも呆れたが、本当の事を言えばゴキブリ屋敷をソロソロ卒業したいと思っていたのも事実で、言った手前しょうがなく所沢の不動産屋巡りが始まった。

所沢駅から少し秋津よりへ十分程歩いた、西武線の高架下をくぐった所に東雲荘と言うアパートがあって、一階の六畳で、台所、トイレが付いていて、風呂だけ共同で一万五千円だったが、皆に宣言した手前即決し、所沢市民になる事が決まったのだった。

引っ越しは軽トラックを借りて自分でやったが、勇喜夫には徳丸を見せたくなかったから引っ越し日を知らせなかったし、荷物も少なくあっという間に終了した。

この頃から自然と新所沢へ行く回数も減り始め、皆の生活状態を把握出来なくなっていき、池野が『池野興業』と言う自分の会社を立ち上げたとか、高橋が飯能の川寺という場所に新築一戸建てを買い、陽子が近くの『本田製作所』に勤め始めたとか、信一に彼女が出来たとか聞いた時はビックリ仰天だった。

勇喜夫とは週末泊まりに来たりして、頻繁に会う様になっていた。

「この前、高橋の姉さんから電話来て、新しい家へ遊びに来いって言われたからさ、一緒に行こうか」

と言うと分かったというので、七月三日の土曜日にお邪魔した。

所沢駅で二人は合流し、飯能駅一つ手前の元加治駅に降りると、鋼三郎が手を振って迎えてくれて、そこから歩く事十五分、新居に到着した。

二階建て、３ＬＤＫで、木の匂いが新鮮だった。

二人共バスで飯能へ出て、それぞれ勤めに行ってるという。

陽子は駅から歩いて行けるらしく、正社員として経理を担当しているみたいで充実してる様に感じたし、亭主の方は四ッ谷までかなり遠く大変だろうなと思ったが、始発で座っていけるらしく、帰りは特急レッドアローに乗る事が多く苦にならないと言う話で、何よりも自分の城を持った満足感の方が大きく、こちらも生き生きしてる感じで良かったなと思った。

そんな日々が過ぎた九月初めの土曜日、勇喜夫が泊まりにやって来て、突然、

「兄貴、やっぱり大学出てないと仕事上うまくいかないんだよ」

と言い出した。

何を言ってるのか理解できなかったが、よくよく聞いてみると同僚のほとんどが大卒で、上司から夜間の大学へ行く事を進められたらしい。

「二部の大学受けようかと思って色んな所、調べたんだ」

「へえ、何処かあったの？」

「日大の経済学部」

「そう」

と言いながら、音大の仕事に慣れてきていた俊夫は、心のどこかにくすぶっている物書きへの情熱が湧いてくるのを感じて、

「お前、現役に近いんだからいいじゃない。俺は無理だろうなあ。今だから言うけど、俺さあ、原稿書く記者みたいになるのが夢だったんだよ」

スラスラと、でも何でこんな事話すんだろうと思ったが、

「えっ、そうなの？　俺、色々調べたから分かるけど、日大の法学部に、確か新聞学科とか言う夜間があったよ。兄貴も一緒に受けてみれば」

「ううん……ブランクあるからなあ」

と、まんざらでもなく少しその気になる俊夫だった。

心の片隅に、勇喜夫の「受けてみれば？」がひっかかり、合格した後の授業時間を確認したら、音大を定時に上がれば充分通える感じだったので、なんと、週明けに願書を取り寄せたのだった。

音大では、夜、ベートーヴェンホールでコンサートをやる事があり、その時オープンリールへ録音するのも二課の仕事で、川口さんと交代で行っていたが、もし自分が大学へ行く様になると、川口さん一人にしわ寄せが起きてしまう事もあり悩んで言いにくかったけど、意を決して課長に、

「大学の夜間に行きたく、受験したい」

と打ち明けた。

管理二課には、課長始め大卒は一人もいなくて、課長は一瞬ビックリした様子だったが、すぐ川口さんを呼び、森本が夜、大学へ行きたいと言うんだけどどうだ?と聞いてくれた。川口さんは、内の課にも大卒が一人位いた方がいいから、いいんじゃないですかと言ってくれた。

「いやあ受けてみるだけで、ブランクあるし受かるか分からないですから。もしかして、万が一受かったらの話ですから」

と照れ笑いを浮かべながら話したのだったが、心の中では、もし受かって四年間通い無事卒業したらこんな所いない、自分の道を歩むんだと、心の中では自分勝手な事を考えて

いたのだった。

そして職場の了解を得た俊夫は、参考書と睨めっこする日々が始まったのだったが、あまり頭に入らない。

酒は控えめにして……試験前日には、『なるようにしかならない』と開き直って、遂に神田三崎町での入試日になり、丸ノ内線後楽園下車、歩いて試験会場へ向かった。

そして訳の分からないうちに終了したのだったが、全然ダメだったと言う訳でもなく、でも出来たと言える自信もなく発表を待つだけだったが、勇喜夫はまあまあ出来たと言っていた。

経済学部も法学部も発表日は同じで校舎も近いから、貼り出されるのを勇喜夫が見に行ってくれる事になり、その知らせを職場で待っていたのだが、当然職場には今日発表だとは言わないでいた。

九時発表だから、勇喜夫が自分を確認し、それから法学部へ向かうとして、十時頃には連絡があるだろうと思っていたら、九時四十分前に電話が鳴った。

佐々木さんが出ようとするのを制止し、俊夫が出た。

「△△音楽大学、管理二課です」

「ああ兄貴？　俺。今見てきたけど兄貴の番号なかったよ」

「……」

「何回も見たんだけどなかった」

「そう、分かった。お前は？」

「受かった」

「本当？　良かったな。ありがとう。又な」

何事もなかった様に受話器を置いた。

そんなに甘い物じゃないよと自分に言い聞かせ、でも落ちたと告げる勇気もなく、その日は周りに悟られない様にするのだった。

二人が受験する事を当然親兄弟は知っていたので、勇喜夫の合格には喜び、俊夫の不合格にはブランクが影響したんだと慰められた。

そんな発表から二日後、思いもしない事が起こった。

明日、仕方がないから職場に落ちたと言おうと思っていた時、日大から速達が届いたのだ。

中を確認すると、なんと合格通知だった。

なんで?と思ったが、確かに入学手続きの書類が入っていて、悪いと思ったが勇喜夫の職場に電話した。

「おい、訳わかんないけど合格通知届いたぜ」

一瞬、えっとビックリした様子だったが、

「発表の時は本当に番号なかったからな……もしかしたら、受かった誰かが辞退して繰り上がったんじゃない？」

そうか、補欠だったのか。

なるほど、つじつまが合う。

とりあえず通知が来たなら良かったじゃないかと言われ、納得して電話を切った。

次の日、昨日発表があって合格したと報告したら、皆良かったなと言ってくれて、川口さんに負担かけると頭を下げたら、

「いいよ、いいよ」

と言ってくれた。

こうして昭和五十二年四月から、夜間通学がスタートした。

四時二十分に職場を出て後楽園まで行き、校舎の地下にある食堂で少し早い夕飯を食べて、五時半からの授業を受ける日々が始まったが、なんと食堂の定食は二〇〇円とリーズナブルで、美味しくはなかったが安くて助かった。

その年の七月、可哀想な事が起きた。

勇喜夫が出てきた後、田舎は梅之とゴンベイで暮らしていたが、ゴンベイが車にはねられて死んじゃったのだ。

俊夫も帰った時よく見て知っていたが、梅之が出来上がった内職を抱えて大滝さん家へ行ってる間、ゴンちゃんは廊下のガラス戸の前に座り、クンクン鼻を鳴らして梅之が帰ってくるのを待っていた。

臆病な性格だったので、少し戸が開いてても自分から表へ出るなんて事はなかったが、

その日に限って、隙間から飛び出してはねられたらしい。

詳しい事は分からないが陽子から聞いた話では、梅之は、涙に暮れながら冷たくなったゴンちゃんを抱いて寝たらしい。

おふくろもゴンちゃんも、可哀想に。

合掌。


五十三年の三月、事務をやってた佐々木さんが定年退職になり、四月から、やはり縁故関係の採用で、一課にいた坂田さんの娘で坂田絵里子さんが二課に入ってきた。

俊夫二十五歳、絵里子二十歳だった。

音大の暮らしにも慣れてきた俊夫は、小さい頃からの夢だった、『車を持つ事』を無性に現実化したくなって、六月初旬、所沢駅とアパートの間にある日産の販売店に飛び込んだ。

販売員の、「掘り出し物ですよ」の口車に乗せられ、チェリーと言う灰色の中古車を買う事になり初めて購入する車に胸高鳴るのだったが、いざ乗ってみると調子が悪くて、たびたびエンストしそうになって路肩に止めて後続車に謝ったりしたけど、結果的にボンネットを開けてキャブやプラグ等を磨いたり交換したりした事で、メカに強くなっていったのだった。

東雲荘から職場まで、川越街道を通って一時間半の車通勤が始まったのだが、日大へ行く日は、帰りに江古田で降りて音大の駐車場で車を取り所沢へ帰る行程だったが、ちっとも苦にならなかったし、むしろ運転が楽しくて仕方なかった。

昭和五十四年、根本監督の下、クラウンライターライオンズが西武ライオンズとして、所沢にやって来た。

野村、山崎、田淵をトレードで獲得し、おらが街へ来た事で、否が応にも盛り上がる所沢市民の俊夫だったから、学校どころではなくなった。

開幕から一塁側外野席で（当時は、ホームが一塁側）、今日こそは勝つだろうと、学校へは行かずカップ酒を片手に応援し続けたのだったが、今日も負け、又負けで、十何連敗？した。

そして、やっと初めて勝った時は、知らないおじさんと抱き合って涙して喜んだ。

しかし、それからも根本の下では芳しい成績を残せなく、黄金期を迎えるのは五十七年、広岡監督になってからだった。

春先の野球観戦や何やらでダラダラし始め、職場は定時で出るがそのまま家へ帰ったり、居酒屋直通とかサボることが多くなっていって、○○印刷の最後の頃と変わらない生活になっていた。

そんな様子を薄々感じていたのか絵里子に、

「もう少し頑張れば卒業できるんでしょ？　私、授業終わるまで三崎町で待っててあげるから行きなさいよ」

と、どちらが年上なのかわからない口調で言われ、思いもよらない言葉に驚いた。

なんでそんなこと言うんだろうとか、なんで学校行ってない事知ってるんだろうとか思ったが、それから二、三日して、

「今日、仕事終わったら後楽園駅の陸橋にいて」

と言われたけど、うなずくでもなく黙っていたが、言われた通り陸橋の上で待ってると、絵里子がやって来て、

「学校行きましょう」

と言った。

二人は黙ったまま歩き始め、水道橋を通り過ぎ校舎へ向かったのだったが、途中『すずらん』という喫茶店があって、ここで待ってるから終わったら寄ってくれと言われ、頷いて授業へ向かった。

三時間授業、八時半を回っていたので足早にすずらんへ向かうと、絵里子は奥の椅子に座って文庫本を読んでいた。

「ごめん、悪いな」

精一杯の言葉に、ううんと笑って答える絵里子とお茶を注文する事もなく店を出た。

絵里子の事を最初、変なのが入ってきたなと思っていたけど、この件を境に可愛いな、へと変わっていったのだった。

絵里子の家は、音大がある江古田駅の反対側、南口から徒歩六分ほどの住宅街にあって、池袋駅で、急行で帰りなさいと言われたが各駅でいいと言い、二人で各停『小手指行き』

へ乗り込み、椎名町、南長崎、そして江古田に着き、絵里子が降りる時に「ありがとう」と言い、発車した各駅停車のドアにもたれ、ぼんやり暗い町並みを眺めながら所沢へ帰ったのだった。

月、水、木、金が授業日で、卒業までの約一年半、少なくとも週二回はすずらんで待っていてくれたので、すまん悪いの感情から次第に愛情へと変わっていくのがわかった。

休みの日にはチェリーで鎌倉へ行ったりインベーダーゲームをしたり、自然と付き合う様になっていったのだが、さすがに東雲荘へは連れてこなかった。

もし絵里子がいなかったら、ダラダラした生活で大学を卒業出来たかわからないと思う。

その年の七月、三菱自動車から黒の車体に銀色のストライプが入った、六スピーカーのクーペ『セレステ』が発売された。

約一年乗ったチェリーに飽きていたので、環七沿いにある三菱自動車でローンを組んで購入した。

中古のチェリーと違い新車独特の匂い、黒に銀の個性的な外観、六スピーカーから聞こえてくる重厚なサウンド等、この時初めて、

「生きてて良かった」

と思った。

セレステが来てから一年三ヶ月過ぎた十月、仕事を終えて川越街道から所沢街道へ入り、松郷付近の坂道へさしかかった。

二車線の左側を走っていたが、幌つきのトラックがチンタラ走っているので右側追い越し車線へ入ったら、左側前方のトラックが通過した直後、横道からチョロチョロと原付バイクが出て来た。

危ないと思い急ブレーキを掛けたら、キキィィと甲高い音を立てセレステは急停車した。すると、ボンネットの左側面にバイクがバタンと大きな音を立てて接触し、中年の男の人が跳ね飛ばされて宙を舞うのが見えた。

うわあ、やってしまった。

事故だ。

止まったセレステから外へ出ると倒れてる男の人が見えて、俊夫は呆然とその場に立ち尽くしたのだったが、何と倒れている男の左足はあり得ない方向を向いていたのだった。

現場は騒然となり、

「私は練馬署の者だ。非番で遊びに行った帰りです」

などと怒鳴りながら言う女の人が反対車線から走ってきて、セレステは右側車線に止まったまま大渋滞になり、救急車だと怒濤が飛び交ったりして大騒ぎになった。

幸い出血は見られなかったが、痛い、痛いと言っているし、そこへパトカーと救急車が到着し、男の人が救急車に乗せられて走り出した。

そして簡単な事情聴取を受け、所沢警察署へ連れて行かれた。

いや、自分でセレステを運転してパトカーの後ろについて行った。

「いやあ、あんたも運が悪いね。あの人、事故の常習者なんだよ。つい先日も事故を起こしてやっと治ったばかりなんだ」

そんな事言われても、事故の惨状を見た俊夫は気が気じゃなくて、

「大丈夫ですかね？　あの人」

と言うと、

「所沢整形外科に行ったからこの後行ってみるんだな。それより調書だ、調書」

と言いながら書類を出して、場所、時間、天候、諸々を書き始めた。

「何キロ出てたんだ？」

問われて、追い越し車線だったから六十キロ以上は出ていたと思い、答えようとしたら、

「四十キロ。そんなとこだろ？」

と言いながら書き込んだのだった。

担当官は、被害者より俊夫に同情している様子で、少しでも有利になる様に調書作成してくれているように思えた。

そして、被害者にきちんと謝罪し補償するように言われ、前が壊れたセレステで病院へ向かった。

左脚骨折で命に別状はないが明日手術すると医師に言われ、少し安心して病室に行くと、本人は麻酔で眠っており、奥さんが付き添っていて、この度は申し訳なかったと頭を下げたら、罵声を浴びせる訳でもなく一礼するだけで言葉はなかった。

次の日は休みを取って手術に立ち会い、東京海上に連絡を入れ、事故証明や写真撮影と任意保険請求手続きを進めたのだったが、俊夫の前方不注意と被害者の危険横断走行で、六対四の過失割合になった。

退院してから、東京海上へ出す書類に判を貰うため、菓子を持って三回ほど松郷の自宅へ行ったが、そのたび、

「大きな会社にはかなわないな」

と、東京海上への恨みを口にするのだったが、なんとか判をもらって終わりにしたい一心で頭を下げるだけだった。

ただ、どういう契約だったのか、東京海上の人が全部処理してくれる訳ではなく、言われるままに俊夫が書類作成し判をもらい、解決したのには少し腹が立った。

セレステは、池野の義理の弟で、東村山で修理工場を経営している米津さんにお願いして、事故車と分からない位完璧に直してもらったけど、言い訳がましいが、車に乗ろうとセレステに近づく度に事故の事を思い出すので、思い切ってあずき色のシグマに乗り換えた。

スポーティなセレステと違ってセダン特有な重厚感のシグマに、事故の嫌な事などすっかり忘れてしまう、げんきんな俊夫だった。

年が明け二月に入ってすぐ、勇喜夫から、

「兄貴、所沢の賃貸公団当たったんだ。東雲荘やめて一緒に住まない？」

と電話が来た。

新築で四月に入居出来るとの事で、すぐ返事しなければいけないらしく、共同風呂、お世辞にも綺麗と言えない東雲荘に、

「新築？　いいね。越そう」

と即断した。

場所は所沢駅と新所沢駅の中間あたりで、まもなく新駅『航空公園駅』が出来るらしくて、それまではバスで所沢駅まで行くと言う。

話はとんとん拍子に進み、四月六日の日曜日、東雲荘からパークタウンへと引っ越して勇喜夫との同居生活が始まった。

敷地内には限られた駐車場しかなく、抽選漏れしたシグマは仕方なく、マンションの目の前にある防衛医大駐車場で無断駐車する事になった。

バタバタした話はまだまだ続き、同居生活から四ヶ月後の七月初め、そろそろ切り出さなきゃと思い、江古田の坂田家へ行き絵里子の父に、

「結婚させてください」

と頭を下げた。

今日来る事を絵里子から聞いていた坂田正市は、

「森本君の事は音大に入ってきた時から気に入ってて、それで娘を入れた様なものなんだけど、なかなか振り向いてくれなくてだめかなと思ってたんだよ。いやあ良かった。絵里

子の事よろしく頼むよ」

　と言ってくれたので、ほっとした。

　そして、

「大学卒業する事が結婚を許す条件だ」

　とも言われた。

　バタバタはまだ続く。

　陽子から、今度の土曜日、信一が話があるとの事で池野家に集まるよう言われ、勇喜夫と向かった。

　以前、信一のアパートへ行った時に付き合っていると紹介された女の人が一緒にいて、高校の同級生だと言われた気がする。

　直感で結婚の話だと思ったら案の定、一緒になりたいと言い、信一が仕事を辞めて田舎へ帰る事や、相手の女の人が美容師の免許を持ってるので、田舎の家を立て替え、美容室にしたいと言われた。

　そして、必然的に梅之と同居する様になるけど親の面倒は見るから、兄弟が持ってる土地の権利を放棄して欲しいと言う話だったが、何と突拍子もない話だと皆憤慨した。

　特に啓子と陽子は、母ちゃんの意見も聞かないと答えられないと突っぱねた。

「お母さんの事はしっかり面倒見ますから、なんとかお願いします」

　と女の人。

ここは自分が出る番だと思った俊夫が、

「お袋も勇喜夫が出ていって一人だし、いい話じゃない？　ちゃんと面倒見るって言ってくれてるし、いいよ俺は放棄しても」

と言ったら、勇喜夫も同調した様に頷いた。

すると、池野が、

「突然の話なので、今日の所は結論出さずに保留と言う事にしよう」

と言い、鋼三郎も、そして啓子、陽子もそうしようと言ったら、信一と女の人は夕飯も食べずにそそくさと帰って行った。

当事者がいなくなった後は、当然、ああでもないこうでもない、俊夫余計な事言うな、などと盛り上がったが、八月初旬、結局みんな権利を放棄して、信一達は田舎で美容室を始める事になり、建て替えの間、隣の空き地を借りてプレハブ小屋を建て、三人で暮らす事になったのだった。

そして、次のバタバタ。

九月に入ってすぐ、池野興業が倒産した。

その突然の話は、あっと言う間に音大の中にも広がったが、もちろん俊夫が義理の弟だという事は周知の事で、なるべく俊夫に悟られない様、ひそひそ話をする管理部の人達だった。

池野自体の仕事は順調だったけど、一緒にやってた佐渡にいるお兄さんの方が上手くいかず、足を引っ張られる形で倒産したらしくて、連日債権者が家へ押しかけてきたり、電話が鳴りっぱなしで大変な騒ぎになった。

家が差し押さえられるとか、離婚して子供は啓子が引き取れだとか、親戚連中は言いたい放題だったが、池野は最後までガンとして、個人の資産と会社の資産は別だと譲らず押し通した。

反社会的な人とかも押しかけ、結局、破産手続きの債権者会議を経て、新所沢の家を手放す事になり、親子四人、これからどうするか途方に暮れていた。

でもこの家族、運がいいと言うか、世の中、困った時は救いの手が差し出されるもので、陽子が勤めている本田製作所の寮で、住み込みの管理人を探していると言い、住む当てもない池野には願ったり叶ったりの話で、すぐに飛びついた。

本田製作所はカメラの部品を作っている会社で、若い男子社員が六人、寮で寝泊まりしていて、啓子は朝晩、給食センターから配達されてくる料理を温めて出す仕事をする事になり、池野は土木の知識を活かして建設会社に勤め始め、親子四人、所沢から飯能へ越して新しい生活をする様になったのだった。

パークタウンの生活にも慣れてきた十一月九日、池野夫婦を親代わりにして坂田家で、形だけの結納式を行った。

形だけと言っても、俊夫は背広、絵里子は着物姿で、寿司などを頂き酒も入っていい気分になり、目録などを差し出して無事結納式が終わったのだった。

年が明け、単位取得もなんとかクリアして卒業が現実的になったので、卒業したら挙式だと坂田の親に言われていた二人は、取りあえず式場だけは押さえておこうと色々な場所を当たったのだったが、都内は高くて手が出ないし、呼ぶ人のお祝いもあてにして、新婚旅行の費用とか諸々を考えると所沢しか浮かばなく仮押さえしたのが、五月十七日、日曜日、大安、所沢（新六園）で、同時に××旅行（3泊4日のグアム新婚旅行）も予約したのだった。

さあ、これから仲人のお願いだ。

二人とも二課にいる訳だから、ここは大島課長だろうと言う事になりお願いしたら、性格的にあまり人前に出たがらない課長はとんでもないと固辞し、ここはやはり管理部長だろうと言う事になった。

その頃の音大で管理部長は、入間市での建設等もあり絶大な権力を持っており、学長に次ぐ地位に上り詰めていた。

そして大島課長と一緒に部長室へ仲人のお願いをしに行ったら、管理部長は、同じ管理部員同士の挙式だという事で引き受けてくれたのだった。

三月二十日、武道館での卒業式を終えクラスに戻って次々に担任から卒業証書を貰い、俊夫の番になった。

すると、今まで言葉を交わした事もない大勢のクラスメイトが、大きな拍手で祝ってくれたのだった。

これには驚いた。

ブランクがあっての入学だったから、クラス最年長での卒業を皆祝ってくれているんだと思い、熱いものが込み上げてきた。

こうして無事、日本大学法学部新聞学科を卒業したのだ。

四月になり絵里子は、結婚したら同じ職場にいる訳にいかないと言う事で、入間校舎の学生部勤務になった。

新居は、悪いけどパークタウンを使わせて貰う事になり、勇喜夫は松戸のアパートへ越していったのだが、追い出す形になった俊夫は絵里子と共に、せっせと松戸への引っ越しを手伝ったりした。

挙式が迫る中、次は結婚式への招待客の人選だ。

親戚、知人を除けば、殆どが△△音楽学園の関係者で、倒産した池野をどうするかと言う話になった。

俊夫は出てもらいたい気持ちが強かったが、大島課長は、本人は音大の人と顔を合わせたくないだろうから呼ばない方がいいと言うので、言いにくかったけど出ないでほしいと本人に伝えたら、

「うん、分かった。言われた通りにするよ」

と、少し寂しそうな感じで話すのだった。

俊夫はすまないと思った。

そして絵里子と二人、最終確認をして貰う為貫井の部長邸へお邪魔したら、穏やかで品のある、少しふくよかな奥さんが出迎えてくれた。

「この度は媒酌人を引き受けて頂き、誠にありがとうございます」

と挨拶したら、

「いえいえ、おめでとうございます。無事に終わるといいですね」

と、桜の花びらが入ったお茶を出してくれた。

少しして部長が入って来て挨拶を交わすと、

「どれ、名簿見せてくれ」

と、身を乗りだして言った。

式場のテーブルが書かれたイラストに、名前を手書きで書き込んだ座席表を差し出すと、ジイッと見ていたが、突然、

「池野はどうした」

と、俊夫の方を見ながら言った。

一瞬焦った俊夫は、

「出席しない方が懸命かなと思いまして、入れておりません」

と答えた。

大島課長が出さない方がいいと言ったとは言わなかった。

「晴れ姿だもの、お兄さんだって見たいわよねえ、パパ」

と言う奥さんの言葉に、

「当然だよ、入れなきゃダメだ……ザアッと見て他はいいから、池野を入れる様にして進めなさい」

と紙を返され、かしこまりましたと言うしかなかったけど、俊夫にはもう一つお願いしたい事があった。

それは大学を卒業し学士となって、音大の中で生きていく部署がないかと考え、そうだ広報部ならどうだろうと思った事だった。

川口さんに、通学中世話になった事などすっかりどこかへいっちゃって、管理二課で仕事する事などもう眼中になかったのだ。

「部長、お願いがあるのですが。お陰様で、無事日大を卒業する事が出来まして、こうして結婚というところまできました。なんとかこの勉学を活かしたく思いまして、広報部への配置転換お願いできないでしょうか？」

と頭を下げた。

前からそうしたいと聞かされていた絵里子は黙って下を向いている。

「つまんない所だぞ広報は。朝から晩まで一日中、封筒に宛名書きだ。地味すぎて勧められんな、若いんだから身体動かした方がいいだろうよ。まあ、今んとこで頑張ってみろ」

と淡々と話す部長の言葉にショックを受けたが、

「そうですか……分かりました。頑張ります」

と答えるしかなかった。

こうして部長宅を出た二人は、飯能の本田製作所の寮である、池野の元へ向かった。

一刻も早く式への出席をお願いしなくちゃと思ったのだったが、出ないでくれと頼んだ手前不安もよぎったが、案の定、

「何だよ、出るなと言ったり、出ろと言ったり、人を馬鹿にするんじゃないよ」

と怒鳴られた。

でも、これで出ないなんて事になったら部長になんて言われるかと思い、必死に申し訳ないと頭を下げた。

「まあまあ、いいじゃないのよ出れば。ほんとはこの人、俊夫の結婚式には出たかったんだから」

と、笑いながら啓子が言った。

「何言ってるんだよ。頭来るだろう？　人を馬鹿にして」

となかなか怒りが収まらない様子だったが、頭を下げる俊夫を見て、

「分かった、分かった、出るよ、出ますよ」

と言ってくれたのだった。

助かったと同時に、大島の野郎かき混ぜやがってとも思った。

「俊夫の結婚式、田舎の人や親類が来て泊まるでしょう？　今の家じゃ狭くてしょうがないから川寺に越すことにしたのよ」

同席していた陽子が口を出した。

もう完成していて入居するだけだと言うので、帰る途中見に行った。元加治よりも飯能寄りで、西武線の線路沿いで約三十坪の二階建て、前の家より数段大きい立派な新築の建物で、ここに田舎の人とか泊まってもらうと言い、俊夫は、

「悪いね、ありがとう」

と言った。

そして五月十七日、所沢（新六園）で、森本俊夫と坂田絵里子の結婚式が、媒酌人、青木次郎夫妻の元、行われた。

媒酌人挨拶、来賓祝辞では、俊夫が夜間大学に通い卒業した事を褒め称えるのだったが、チラッと坂田の父親を見ると満足そうな顔をしているのが分かった。

一方池野は、本当は会いたくなかっただろう音大の人達にお酌をして回っていて、色んな人から元気だったかなどと言われ笑顔で応えている姿を見て、なんて心の広い人なんだろうと感心した。

式は管理一課の山本さんの司会で進んだ。

彼は音大卒業で、人前に立つ事などなんともなく、プロの司会者顔負けとも言える絶妙な話術で盛り上げてくれて、同じく音大卒の彼の奥さんがパイプオルガンを弾いてくれたりして、約二時間半、笑い声に包まれ、最後に親代わりで信一が挨拶をして無事終了したのだった。

そして新婚の二人は参列者を見送った後、明朝のグアム旅行へ備える為、羽田空港に近いホテルへ向かった。

××旅行のグアムへの新婚旅行は満席、皆カップルで、俊夫達はなぜか一番前の席でスチュワーデスと向き合う形になり、

「おめでとうございます。幸せいっぱいでうらやましいですわ」

なんて事を言われ、照れ笑いを浮かべるのだった。

ホテル到着後、現地駐在員から説明を受ける為ボストンバッグをエレベーター前ロビーに置き、貴重品だけ抱えて広い部屋へ入っていくと、白人の女性が流暢な日本語で説明を始めた。

なるべく団体で行動する事、ショルダーバック、カメラは首に掛ける事などを言われ、滞在中の食事券と部屋の鍵を渡され、夕食は六時にこの場所に集合して皆で会場へ行くと言われた。

そして各自、エレベーター前の荷物を持って部屋へと分かれていった。

部屋に入り、やっと二人きりになったのでベッドでイチャイチャし、疲れてうたた寝した二時間後起き上がり、そうだ、ボストンバッグの中を見てみようと思った。

と言うのも色々な雑誌で、海外旅行の時はお金は分散しておいた方が良いと書いてあったので、バッグの底に十万円を入れておいたからだった。

底に手をやり、封筒を探したが無い。

えっ、無い。

うそ?

無い、封筒に入れた十万円が無いのだ。

目の前が真っ暗になり、

「おい起きろ。大変だ」

絵里子は寝ぼけまなこで俊夫を見ている。

「バックの底に入れてた十万が無いんだよ」

ビックリした様子の絵里子。

「えっ? 嘘……」

といい、飛び起きてベッドの上にバックの中身を全部出してみたが、無い。

慌てて二人は説明を受けた場所へ行ってみると、丁度説明をしてくれた人がいたのでいきさつを説明したら、慌てる様子もなくそこへ行ってみましょうと言われ、荷物を置いていたロビーへ行った。

ひっきりなしに、人がエレベーターに乗り降りしている。

すると、はっきりした日本語で、

「見てください。置いてある荷物、誰が触っても他の人全く無関心でしょ? これがグアムなんですよ」

間違いなく取られたと言い、貴重品は手放しちゃダメですとか、被害届出しますが手続きに時間掛かるし、まずお金は戻ってこないでしょうと言われた。

せっかくの新婚旅行の初日で、こんな嫌な事が起きるなんて泣きたくなる俊夫だったが、どうしようもない、諦めるしかなく、なんてこった、散々な目に遭ったと思った。

お金に余裕がある訳でもなく、財布にあった八万円と、絵里子が持ってる五万円で乗り切るしかないと話す二人だったが、三泊四日の朝食とディナーがツアー料金に組み込まれていたので助かった。

初日のディナーは集合場所へ集まった順にテーブルへ着くように言われて、見知らぬカップルと相席になった。

「よろしく」

と挨拶したらそのカップルは黙って会釈を返すだけで、まあ、色んな人がいるからとあまり気にせず、絵里子と話しながら食事を楽しんだ。

ワインも入り気分がよくなった俊夫は、

「私達は埼玉から来たんですけど、おたく達は？」

と聞いてみたら、突然、男がバヤッとかウワッとか言葉にならない声を上げて、身振り手振りで隣の女の人に何か伝えようとしている。

「ミエでーす」

と、やっと聞き取れるような変な声で女の人が言った。

『ゲェエ、〇〇だ』俊夫の心の声。

なんでよりによってと絵里子の方を見ると、

「ああ三重県なんですか、大丈夫ですよ。分かりますから」

と、ニコニコしながら答えている。

俊夫は、最悪の新婚旅行だと心の中で叫んだ。

金は盗まれるし、夕食がこれではあまりに情けないと思ったが冷静さを装い、身振り手振りを混ぜてなんとかその場を繕い、部屋に戻って愚痴をこぼしたが、まあ仕方ないと結論づけるしかなかった。

朝食はバイキング形式のパン食で、適当な席を探して座ったら、なんと昨日の二人が身振り手振りしながらやって来て、隣に座ってニコニコしながらパンを頬張っている。

身障者には同情もするけどせっかくの新婚旅行がこれではたまらないと思い、バターをつけたクロワッサンをコーヒーで流し込み、愛想笑いを浮かべて絵里子に合図を送り、「お先に」とゆっくりした口調で言って、そそくさと席を立った。

そして、

「あと二日、ずうっとあいつらと一緒じゃたまらないぜ」

と呟いた。

「そうねえ、私達を探してやってくるでしょうね」

冷静なのか諦めなのか、淡々と話す絵里子。

「よし、ここは鬼になろう。近づいてきたらわざと遠くへ離れてみよう。俺たちにだって楽しむ権利はあるんだから。ひどいな××旅行は。もう少し気を遣ってくれてもいいのに、新婚旅行だぜ。まったく」

ブツブツ呟く俊夫だった。

そして次の日、市内観光のバスが出る集合時間の八時半が近づいてきた。

俊夫は性格上、時間に余裕を持って行動するのが当たり前だったが、この時ばかりはギリギリまで部屋にいて、八時半丁度にバスへ向かった。

「ギリギリですよ、早く乗って」

現地の大柄なガイドだろう黒人男性に、たどたどしい日本語で叱られて乗り込んだ。

席は殆ど埋まっていて、後ろから三列目が空いていたのでそこに腰を下ろし、あの二人はどこだろうと、あたりを見渡したが確認できなかった。

日本と逆の右側通行で、バスはなんとか公園へと走り始めた。

目に飛び込んでくる風景は、見た事もない建築物やヤシの木で別世界にいるように感じられた。

公園に着き、××旅行の旗を持ったさっきのガイドが説明しながら歩く後ろについて行くと、誰かが俊夫の肩をたたいた。

振り向くと、なんと悪夢のあの二人でニコニコしている。

この場面を想像していた俊夫は鬼になると決めていたので、両手を拝むように会わせ、

「ご　め　ん」

と、口の動きで分かるようにゆっくり話し、悪いとは思ったが絵里子の手を引いて、決して振り向かず、足早にその場を離れた。

その時を境に、途中で会っても会釈するだけで、帰るまで俊夫達に近づいてくる事はなかった。

こうして、楽しいんだか惨めだったのかよく分からない、グアムでの新婚旅行が終わったのだった。


パークタウンでの新婚生活は、シグマを絵里子が入間まで通勤で使い、俊夫はバスで所沢へ出て江古田まで西武線で通っていたのだが、可哀想な事件が起きた。

俊夫の頭の片隅には、学生時代、最上川でウグイを毛針で釣った記憶がいつもあり、いつか家で魚鑑賞したいと思っていたので、所沢駅前の西友で、ガラスの水槽や砂利、水草を購入したのだったが、無知だったのでカルキ抜き薬剤の事など全然頭になかった。

魚自体は西友になく、新所沢駅の近くの熱帯魚屋で、ウグイ二匹とタナゴ四匹を買い持ち帰ったのだったが、何で店主が、「カルキ抜きはいらない？」と聞いてくれなかったのかと、今でも悔やまれる。

水槽に水を入れ、砂利と水草を格好良く並べて魚を入れたら、その瞬間、全部の魚が凄い勢いでバタバタと暴れ出した。

何だ？　どうした？

分からない。

「あんた、水じゃない？」

絵里子が叫んだ。

「しまった。そうか、塩素だ」

俊夫も叫んだが時遅し。

あまりのバタバタで、水槽の水が飛び散って床を濡らしている。

「うわあ、可哀想、どうしよう」

魚が入っていたビニール袋の水は捨ててしまったので、もうどうしようもない。

俊夫は、風呂場からバスタオルを持ってくると水槽に被せた。

バチャバチャいっているが中の様子は分からない。

二人で、

「かわいそう」

「ごめんな」。

残酷な窒息死だった。

合掌……。

「俺、結婚しようと思ってるんだ」

勇喜夫から連絡が来て、池袋西口ライオンで、六月二十日、三人で会った。

紹介された女性は勇喜夫と同じ職場の同僚で、聞くと俊夫と同い年だという。見たところ落ち着きもあり、何よりも弟が気に入ったのなら自分が何か言う事などないし、

「弟の事、よろしく」

と言うしかなかった。

母親と兄が土浦市の実家にいて、後は、姉が結婚して埼玉で暮らしている話などして、いい雰囲気で初対面は終了した。

その後、勇喜夫も俊夫と同じ様にトントン拍子で話が進み、年明け一月二十四日、麹町の弘済会館で挙式したのだった。

俊夫の時と同様、式の最後の挨拶を長男の信一が務めたのだが、その挨拶する傍らで、五歳になったばかりの長男、信吾が、

「ファイト、ファイト」

と言っている。

子供心に親父頑張れと言っている様に思われ、会場は微笑ましい笑いに包まれたのだった。

勇喜夫に、最後は兄弟で歌を歌ってもらうからと言われていたので、暇を見ては『乾杯』を皆で練習していたし、気になって食事を楽しむ余裕もなく、今か今かと待っていたら司会者が、

「大分時間も経過しましたので、ここでお開きにしたいと思います。新郎新婦のご退場で

す。盛大な拍手でお送りください……」

と締めの挨拶があり、顔を見合わせ拍子抜けして笑うしかない兄弟達だった。

パークタウンでの生活にも慣れてきた四月、今度は毎月の家賃が腹立たしく感じられてきた。

貧しい暮らしで育ったせいか、俊夫は、家を持つ願望、夢が常に頭のどこかにあった。

西武線の所沢から先はあまり乗車しなかったが、たまに乗る小手指駅の目の前に、『〇×建設』の大きな看板があるのを知っていたので、冷やかし半分で絵里子と一緒に出掛けてみたら、いかにもその業界に精通している感じのおじさんが対応してくれた。

「いやあ若いのにたいしたものですねえ。△△音楽学園ですか。融資のローン、問題なくクリアですね」

と、訳の分からない事を言う。

新婚さん向けのいい新築物件があるから案内すると言われ、まあ見るだけでもいいかと思い、ライトバンの後をシグマで追いかけた。

なだらかな坂道を上り詰めた所に、真新しい小さな二階建ての建物が四棟並んで建っていて、工事はほぼ終わりにさしかかっている様子で、大工さんが二、三人仕事をしていた。

「今ならどれでも選べますけど、お勧めはこれです」

と、一番左を指さした。

その物件の左側は、狭いけど行き止まりの道路があり、いわゆる角地で将来建物が建つことはないと言う。

「これで千六百万円ですよ。どうです？　安い物件でしょう」

と、畳みかけてくる。

建物の裏をよく見ると線路が走っていて、ああこのせいだなと思ったら、俊夫の顔色をうかがっていたおじさんがすかさず、

「電車が通る時だけ少しうるさいかも知れませんが、それでもこの価格は魅力的ですよ」

と、言い訳がましい事を言った。

中を見せて貰ったが、独特の木の香りと畳のにおいに心を奪われた。

一階が六畳一間に、台所、風呂、トイレ、二階が六畳、四畳半の和室だったが、ちょっと考えさせてくれと一旦帰る事にしたら、

「いやあ、あまり時間をおくと売れちゃうかも知れませんから早く決断した方がいいと思いますよ。特にお勧めの左の物件は」

と、俊夫の背中に語りかけてきた。

パークタウンに戻り、早速電卓を取り出し返済のシミュレーションをしてみたら、私学共済、金融公庫、音大から借りるとして、月八万、ボーナス二十万の返済になり、買えると決心した俊夫は話を進める事にした。

そして五月三十一日、○×建設で、建て主の蓬莱産業の社長、貴家さん同席の下、契約したのだった。

不動産の契約など、当然初めてだったので、言われるまま実印を押したのだったが、その時初めて分かった事は、〇×建設が建てた物件ではなく、蓬莱産業という会社の物件で、〇×に仲介手数料として、悔しいが六十万余分な出費が発生した事だった。

でも蓬莱産業と直接取引など出来るはずもなく、仕方ないと自分に言い聞かせるしかなかった。

契約書には、中間金を七月十日、残金を、引き渡し日、七月二十日に支払うと記載されていたが、借入先から問題なく入金され、工事の方も順調に進んで、休みの度に現場へ出向いて、わくわくしながら完成間近な我が家を眺める俊夫だった。

六月最後の日曜日、現場に向かうと外構工事を行っていて、その中に契約の時にいた、蓬莱産業の社長、貴家さんがいた。

いかにも温厚な感じの人で、信頼できる人だと思っていたので挨拶を交わすと、

「森本さんの後、バタバタと契約成立したんですよ。四軒完売です」

と、ニコニコしながら話すのだった。

この外構工事で工事完成、入居可能だと言われ、八月一日（大安）所沢市上新井の新居へ引っ越した。

最寄り駅は西所沢駅で、駅から歩いて十五分、充分歩ける距離だったが、駅前の駐輪場を借りて自転車通勤にした。

貴家さんの助言もあり、シグマは家の左側空き地に無断駐車する事にしたが、引っ越し

した後しばらくして、とんでもない出来事が起きた。

西武線の線路と自宅との距離は本当に近くて電車が通る度に大きな音がしたが、まあ値段が値段だし、揺れなきゃいい、我慢しようと二人で話していた矢先の事だった。

それこそ皆が寝静まった夜中の二時頃、遠くから『ホオッ、ホオッ』とか変な声が聞こえてきて、それが段々大きくなり、機械音と共に振動も加わり近づいてきたと思ったら通過し、遠ざかって行った。

何と線路の補修工事で、これが二ヶ月に一度程度あり参った。

でも、値段が値段だから……我慢、我慢と自分に言い聞かせる俊夫だった。

又、別の日の出来事。

いつものように仕事を終え、帰って風呂に入った。

湯船から立ち上がり、窓を開け線路の先の草木を眺める事はよくあったが、その日もやけに蒸し暑く感じ、何気なく窓を開けたのだが、びっくり仰天した。

電車が止まったままで、立って吊革につかまっている人達がこちらを見ているではないか。

見ていると言うより自然と目に入っている感じで、いちもつを見られただろう俊夫は、驚いたやら恥ずかしいやらで一瞬固まり、急いで窓を閉めたのだった。

事故か何かで、電車は俊夫の家の前で一時停止していたのだ。

絶句。

赤面。

値段が値段だから我慢、我慢……。

うれしいニュースもあった。

この年の西武ライオンズは監督が広岡に代わり、快進撃を続けてリーグ優勝、そして中日を破り日本一になったのだ。

色々忙しくてそんなに西武球場へ足を運べなかったが、夢にまで見た日本一に小躍りして喜んだ。


昭和五十八年に入ると松戸にいる勇喜夫から、

「俺も兄貴みたいに家が欲しくなったんだ。誰か紹介してくれない？」

と連絡が入り、俊夫が入居した後も何か不具合無いですかと頻繁に来てくれていた貴家さんがすぐ頭に浮かんだ。

「所沢周辺なら紹介できる人いるけど、千葉じゃ無理だな」

と答えると、

「いや、全然、埼玉オッケイだよ。女房のお姉さんも埼玉だから」

と言う。

そうか、よし分かったとなり、貴家さんに連絡したらその日のうちにやってきて、所沢中心に戸建て数軒建設中だと言う。

今までは森本さんと知り合いでなかったから、〇×建設仲介で余分な金払ったけど、これからは直接取引でその分安くなるから得だと言われ、そりゃそうだとうなずいた。

我が家と同じ程度の間取りで、牛沼と言う所に五月完成の物件があり、所沢駅までバスか歩くと二十分程度だと言うので、早速勇喜夫に連絡し、いつもの様にトントン拍子で六月、勇喜夫夫婦は、所沢市牛沼に引っ越して埼玉県民になったのだった。

この年は公私共々落ち着いていて、ライオンズ観戦に西武球場へ足を運ぶ事が多かった。

陽子から連絡があり、本田製作所が接客用として西武球場の指定席、二席契約しているとの事で、直前でないと、それも平日でないともらえなかったが、ちょうど一塁側ダッグアウトの上の方で観戦するには絶好の場所だったので、何回か利用させてもらった。

日曜の試合には友の会の内野自由席券を使い、絵里子が昼飯を作り（ほとんどが飲むおかず）西所沢駅へ行く途中の野村酒店で紙パックの酒を買い、レプリカのユニホームとレオの帽子をかぶり、西武球場駅へ向かったりした。

この年もリーグ優勝し、巨人との歴史に残る大激戦の日本シリーズを制し、日本一になった。

そして、ファンと日本一を分かち合う感謝の集いというイベントがあり、シーズンシートを持っている本田製作所にも招待状が届いたのだったが、社長初め関係者は巨人ファンだったので回り回って陽子の手に届き、一緒に行こうと言う話になり、有給休暇を取ってスーツを着て、あまり乗り気じゃない絵里子を連れて、高橋夫婦と一緒に参加したのだった。

子供のいない陽子は、ライオンズに特別関心があった訳でもなかったが、俊夫の影響もあり、又、特定の選手が気になり出して、次第に興味を持つようになっていた。

その選手は、河合楽器から入団した大石捕手で、大石さん、大石さんだった。

俊夫一押しの選手は、言わずと知れた片平晋作一塁手で、世界の王を真似た一本足打法が魅力の選手だったが、俊夫はその仕草全てを魅力的に感じ、一番好きな選手だった。

その人と会えると思い、ワクワクしながら西武球場横の室内練習場に入って行くと、田淵、太田、山崎などそうそうたるメンバーが出迎えてくれたのだったが、その中に、まだ幼く感じる、皆からボーヤと呼ばれていた工藤公康がいたのを今でも鮮明に覚えている。

片平……晋作……人をかき分け探していると、奥の方で知らない人（球団スタッフ？）と談笑しているのを発見した。

「エリ、写真」

と、カメラを絵里子に渡して、

「すみません、写真いいですか？」

と語りかけると、

「はい？　いいよ」

と言って一緒に写真に収まってくれた。

その一枚は俊夫の生涯の宝物になり、今もサインと共に壁に飾ってある。

大石命の陽子は、大石の周りの人だかりが凄すぎて近寄れなかったと残念そうだった。

年が明け、キャンプ前の自主トレを第二球場でやっているから付き合ってくれない？と陽子に誘われた。

寒いから嫌だと断ったが、大石さんにセーター編んだからどうしても手渡したいと言われ、仕方なく西武球場前駅で待ち合わせたら、大きな紙袋を抱えて夫婦でやってきた。

大石、大石とここまで熱を上げて、鋼三郎はどう思ってるんだろうと思ったけど……。

自主トレだからみんなユニホームではなくジャージ姿で、大きな声を出して走っている中に大石がいたので早く渡してこいと言ったら、練習中は失礼だ、無理だと絵里子が言う。

もうすぐ二時だから終わっちゃうよと言ったら、本当に最後だろう、ストレッチが始まったので近くへ行けと急かすと、一大決心した様子で紙袋を抱えて走っていった。

「おいおい、本当に行っちゃったよ」

残った三人で大笑いだ。

選手達の横にマイクロバスが横付けされ、ストレッチを終えた選手達が次々に乗り込んでいく周りをすごい数のファンが囲み、その中に陽子の姿が見えたと思ったら小走りで帰ってきた。

「直接渡せなかった。よりによって黒田に渡してくれるように頼んだよ。まったく」

怒ったようにブツブツ言っている。

なんと頼んだのは、大石と正捕手争いをしている、ライバルの黒田だったのでまたまた三人で大笑いだ。

セーターと一緒に、勿論ファンレターを入れたけど返事が来ることはなかったし、本当に大石に届いたんだろうかと思ったりもしたけど、陽子の、大石への思いはしばらく続くのだった。

二月に入り、絵里子の主治医、江古田の安産婦人科の定期検診で妊娠している事が分かり、八月出産だと告げられて、坂田家はじめ、俊夫も出来ないかも知れないと思っていたので、心から喜んだ。

産むのは、何故だか日大板橋病院と決まっていたらしく、絵里子は産休に入った六月から江古田で暮らし始め、俊夫は、たまに寄って様子を見てから所沢へ帰ったり、そのまま飲んで泊まったりしていた。

管理二課（営繕課に変更）で頑張るしかないと腹をくくっていた俊夫は、何か国家資格を取ろうと思い、結婚した年の暮れに何の準備もしないで電気工事士の試験を受けてみたのだったが、物の見事に落っこちた。

「用意、始め」の合図と同時に、分厚い板に金づちでFケーブルを止めていく音が一斉に聞こえ、その光景に圧倒され、何も出来ないまま終了したのだった。

よし、絵里子がいない今、時間があるのだからもう一回チャレンジしようと思いたったが、独学じゃ無理だと思い、いろいろ調べて上尾にある職業訓練所で土曜日六回、ケーブルの結線や被覆剥きの実技、テキストによる学科を受講したのだった。

八月一日の午後、陣痛が来て日大板橋病院に入院したと連絡があり、仕事帰りに病院に寄ったら痛みは治まっていて、まだみたいだと笑って話す絵里子に、頑張れと励まして所沢へ帰った。

そして八月三日、朝七時半、長男、智祐が誕生した。

勤務を終え病院へ行ったら、ガラス越しに看護婦が抱っこして見せてくれたが、なんか猿みたいで正直お世辞にも可愛いとは思えなかったけど、坂田夫婦は盛んに可愛い、可愛いと言っていた。

そして退院して絵里子の実家で世話になったのだったが、テキパキと手際のいい年寄りのおかげで、初めての赤ん坊の世話は大変に感じなかった。

と言うか俊夫は何もせず、お風呂はじいさんが率先して入れてくれたし、ミルクやおしめはばあさんがやってくれて、嬉しい反面、少し寂しくもあった。

そんなバタバタした日が続き、あっという間に十月が終わり、十一月初旬、三人で所沢へ帰ってきたのだった。

これからは二人でやらなくちゃあならなくて、俊夫もおしめを替えたり哺乳瓶を洗ったり、絵里子に言われるまま動いたけど、中でも一番大変なのは風呂だった。

首が据わっていない智祐をいかに危なくなく扱うか、徐々にコツをつかみ、なんとかクリアしていった。

絵里子は、狭山ヶ丘の託児所へ智祐を預けてから入間までシグマで勤めを再開した。

所沢へ帰ってくる前の十月十四日に電気工事士の試験があったのには助かった。

もし十一月だったら子供の世話でどうなっていたか分からない。

十一月十八日、浦和商工会議所で合格発表があって、ドキドキしながら、しかしある程度の自信を持って掲示板を注視したら、あった。

合格だ。

当然だと言う気持ちと良かったという安堵の気持ちが交差し、なんか不思議な感じだったが、これで音大で生きていける、いや生きていくしかないと思った。

電気工事士免許証が届き、大島課長へそれを見せたら、その免許状を、なぜか総務部へ持っていった。

そして戻ってくると、

「来月から手当付くから」

と言った。

どうも給料が上がるらしく、

「ありがとうございます」

と頭を下げたのだったが、翌月の給料から技術手当として二万円付くようになって、国家試験って凄いなあと思ったのだった。

そんなこんなで昭和六十年には、何と年子で第二子誕生だ。

それも、智祐と同じ八月。

二十五日の日曜日、智祐と同じ日大板橋病院。で、また男の子、貴晶と命名し、一歳と赤ん坊の世話が始まった。実家で過ごした後、所沢へ帰ってきてからも、じじ、ばばが来て面倒を見てくれたので本当に助かった。

もしあの二人がいなくて、夫婦共働きで年子を世話するなんて事になっていたらと思うと恐ろしくさえ思い、本当に助かった。

江古田から電車で来てくれて、狭山ヶ丘の託児所から二人をタクシーで引き取ってもらったりして、感謝感謝の日が過ぎていった。

そんな十月のある日、突然貴家さんがやってきた。

「森本さん、弟さんの時はありがとうございました。ところで、ここも三年過ぎたからもう少し広いとこに越しませんか？」

「えっ？」

急な話で戸惑ったが、丁度三日前の夜中に線路工事の『ホオッ、ホオッ』があり、騒音と振動で子供達がグズり、いい加減にしてくれと思った時だったので、渡りに船とはこの事かと思い、話を聞いたのだった。

駅は同じ西所沢駅になるが荒幡という所で西武園競輪の近くだと言い、土地が三十坪で庭もあり、ローンを組み直してもここを売れば今と返済は変わらないらしく、ここの土地が十七坪だから夢みたいな話だと思って、六日の日曜日、貴家さんと現地へ向かった。

クネクネして何処をどう通ったのか分からなかったが、広い場所に到着した。

あの恐ろしい線路はなくて、広場の片隅に四つに区画された場所があり、左から二つ目が蓬莱産業の所だと言われた。

四軒建つだろう家の前はかなり広い空き地で、ポツンポツンと車が止まっているだけで、すぐに建物が建つ予定はないと言う。

上を見上げると東電の高圧線の鉄塔が横切っていて、これが安くなる理由だと貴家さんが正直に言った。

生活するのに何の支障もないが地代が安いらしく、更地を前にして図面を見せてくれた。

上新井にはなかったダイニングキッチンがあり、二階は三室とかなり広く、こじんまりした洗濯干し用のベランダもあり、庭と勿論、車庫も描かれていて、絵里子と顔を見合わせ、決めようと言った。

音大と金融公庫への借り入れ変更、契約書作成等を進め、十月二十九日契約にこぎつけ、十一月三日、大安に地鎮祭決行、工事が始まり、基礎のコンクリートが固まるのを待って骨組みの木材が立てられ、神主を呼んで棟上げ式が行われた。

式が終わった後は一人の大工が完成するまで仕事をするらしく、ある日の土曜日、缶コーヒーを持って現場に行くと、その大工が愚痴をこぼし始めた。

「いやあ、社長は厳しくてたまらないですよ」

どういう事ですかと尋ねると、

「二階のベランダ、当初の図面じゃここまで広くなかったんですよ。1／3位だったかな。広くなった分、材料も追加だし、手間も掛かるから少し上積みしてくれって頼んだら、ダメだ、最初の値段でやれの一言で……参りますよ」

と言う。

そうですかと答えたが、実は購入を決めた後、絵里子と図面を見ながら、これから洗濯物が多くなるからベランダを広くしたいという話になり、貴家さんに相談したら。

「そうですか、分かりました。私からのプレゼントという事にしましょう」

と言ってくれたのだった……。

「なんか張り合いも無くなっちゃうよ、いや旦那さんを前にして言う事じゃないな、ハハハ」

と笑いながら言われたが、この後、手抜き工事でもされたら困ると思い、

「追加ってどの程度なんですか？」

と尋ねたら、一瞬ビックリした様子で、

「そうだな……十五ってところかな……」

と小さな声で答えた。

「厳しいな、十ならなんとか……」

わざとボソボソ言ったら、

「旦那さん、良いですよ十で。良い仕事しますから。でも、この事は社長に内緒という事

で……お願いします」

と、軽く頭を下げたのだった。

こうしていろいろあったが、三月下旬、新居が無事完成し、上新井から荒幡へ引っ越した。

絵里子は、智祐と貴晶を狭山ヶ丘の託児所へ送迎して入間校舎勤務、俊夫は、上新井の時より駅までの距離が長くなったので原付バイクを購入し、駅前の、以前から使っていた駐輪所へ預けて江古田へ通い始めた。

二人の成長を見守るのと日々の暮らしの忙しさであっという間に時が過ぎて行き、車もシグマから白の新車、ホンダアコードに買い換えた。

本当はレジェンドが欲しかったが、高くて買えなかった。

田舎も新築住宅が完成し、『セーラ美容室』を開業し、男と女の子を授かり、信一は近くの精密部品工場で正社員として勤めており、梅之は自分の部屋をもらい、好きな洋裁の内職をする暮らしを送っていて、池野と高橋も変わりなく暮らしている様だった。

特に池野は社交的な性格が功を奏し、勤め始めた建設会社で飯能市の公共工事契約を取ってきたりして業績を上げ、専務になっていた。

昭和六十四年一月七日。
△△音楽学園、毎年恒例の新年会が入間校舎で行われた。

いつもは晴れやかでおめでとうの声が飛び交い酒を酌み交わすのだが、この日ばかりは朝、昭和天皇が亡くなったからか重苦しい雰囲気が漂っていた。

いつものように、大勢の職員が一堂に会したところで、理事長の挨拶が始まったが、

「うっ、うっ……」

泣いて言葉にならない。

そして、絞り出すように、

「こんなに悲しい日はない。……とてもおめでとうなどと挨拶なんかできない……」

と言うと、その場にへたり込んでしまった。

会場は静まりかえり、司会者が慌てて本日はこれで解散ですと告げてお開きになったのだった。

俊夫は、側にいた同僚に小さな声で、

「俺は飲みたいけど……」

と不謹慎な事を言ったりしたっけ。

この次の日から、官房長官の小渕さんが掲げた平成の時代になり、智祐と貴晶は、自宅の目の前にある吾妻保育園に通うようになって、狭山ヶ丘経由をしなくて良くなった絵里子は、ずいぶん楽になった様子だった。

夏には恒例のお泊まり保育が有り、俊夫と絵里子は夜の十時過ぎに、そうっと保育室をのぞきに行き、スヤスヤ眠っている二人を見て安心して帰ったりした。

やんちゃな貴品は園の人気者だったたし、年長の智祐は運動会では応援団長を務め、一番高い竹馬にさっそうと乗って拍手喝采を受けたりしたのだった。

坂田正市が平成三年三月で定年退職になり、なおかつ、智祐が小学校入学になる日が迫ってきていて、親の面倒を見なくちゃいけないという変な使命感を持っていた俊夫は、一大決心した。

それは、正市の定年をめどにこの荒幡を売却し、その資金を元に江古田の坂田家を取り壊し、二世帯住宅を建てて同居すると言う計画だった。

養子ではないけれど次男坊でフリーな俊夫は、長女の絵里子と一緒になった以上、自分が親の面倒を見るのが当たり前だと考えて、早速坂田に相談したら、喜んで即座に了承してくれた。

そして、環七と目白通りが交差する所にある住宅展示場を、皆で見にいった。

数社のモデルルームを順に見学したが、

「私達はよく分からないから、あなたたちでいいように決めなさい」

と言って、年寄り二人は帰っていった。

モダンな造りの三井不動産や、セキスイハウスも良かったが、俊夫は、密かに決めた会社が頭の中にあった。

それは、住友林業の家だった。

テレビのコマーシャルでよく流れていた『日本人なら木のぬくもりがする家』のキャッ

チコピーが頭から離れなかったのだ。

これは冷やかしではないなと思った担当者は、江古田と荒幡を見に行きたいと言いだし、こちらも遊びではなかったので承諾し、日曜に荒幡へ来る事を決めて別れた。

そして日曜、菓子折を持ち、スーツ姿の男二人がやって来て、荒幡の建築図面を眺めて、ああでもないこうでもないと言いながら家の周りをグルグル回ったりしていた。

事前に親から江古田の図面を預かっていたので、それも見せると、

「ざっくばらんに申し上げますが、江古田の方は解体と建築費用になりますけど、問題は、こちらがいくらで売れるかに掛かってきますね。入居が三年三月だとすると、早急に決めなきゃ間に合わなくなりますから」

と、部長と言う人が言った。

「いや、まだ早いかと思ってたから……そうですか。じゃあ、早く進めましょう」

と焦る俊夫に、これから買い手を探してたんじゃ時間が掛かるから当社で買い取りたいと言いだし、結局二世帯住宅の希望を元に設計し、解体費用と建設費の金額と荒幡の金額を相殺してみる事になった。

「もう何処かと合い見積もりとか取らないで住友さんに頼むんだから、最大の努力をお願いしますよ」

と、哀願する俊夫だった。

そして、池袋の住友ショールームでの打ち合わせを数回重ね、二世帯住宅の設計図が出

来上がった。

玄関、食堂、風呂は一つにして、親用に一階和室六畳、二階に子供部屋二つ、夫婦の寝室と防音のオーディオルームをレイアウトしてもらった。

親は好きにしなさいというだけだったし、絵里子も不満を口にしなかったので、これで決定した。

図面が出来た事により金額が決定し、荒幡の買い取りとの差額で赤字にならないで上物を建てられる事が分かり、十二月十六日、契約を交わしたのだった。

忙しい話だが、俊夫も正市も同居に向けて嬉しい気持ちの方が強く、全然アパート探しは苦にならなかったし、両方とも住友のネットワークで、俊夫は久米と言う西所沢駅から十分程度の二階建てアパートの一階に、坂田は自宅から徒歩五分程度のマンション一階に、一年間住む事になった。

だが、この久米のアパートには参った。

隣の声、音が筒抜けなのだ。

森本家と同じように、小さな子供が二人いるみたいで、これがうるさい。

とにかく、うるさい。

隣も同じく感じているのだろうか？　などと思ったりしたけど……この一年間をどれほど長く感じたことか。

このアパートは高台にあって、その坂を下るとへら鮒釣りの釣り堀があり、釣りが趣味の正市は休みの日によくやって来て、夕方まで釣りをして、その後、絵里子の手料理で俊夫と酒を飲み、いい気分で帰っていくのだった。

智祐と貴晶はよく風邪をひいたりしたが、休めない絵里子に代わり、おばあさんがその都度やって来てくれて、感謝、感謝だった。

音大の総務課に佐藤さんと言う女性がいて、家を買う度書類の事で世話になり、親しくしていたが、

「森本さん車好きだよね。兄のところで、程度のいいマークⅡが入ったって言ってるけど、どう?」

と言ってきた。

マークⅡは、当時クラウンと共に憧れの車でいつか乗りたいと思っていたけど、家を建ててるし、金が心配で躊躇していたが、見るだけ見る事になった。

いや、本当は、みたら欲しくなって買うだろうなと思ったけど。

所沢街道の、航空公園に近い所にデンソウの店が有り、そこのオーナーが佐藤さんのお兄さんらしい。

デンソウはトヨタ車の主力部品メーカーで、大きな白い車体が高級感を漂わせていた。

車内もアコードと違って落ち着きと高級感が有り、メーターは針ではなく数字のデジタルで試乗を進められ、航空公園を一回りしてきたが優越感を感じた。

そして、案の定、アコードを査定してもらい、マークⅡ四年落ち、走行距離二万キロを、

チェリー・セレステ・シグマ・アコードに次ぐ五台目として、世界のトヨタ車を初めて購入したのだった。

しかしこのマークⅡは、やたらと故障が多く、外れだった。

アイドリングが波打つし、加速途中で一瞬減速したり快適ドライブにはほど遠く、その都度デンソウへ持ち込んだが、不具合は俊夫の感覚的な事もあり、うやむやで終わる事もしばしばだった。

でも、致命的だったのがデジタルメーターで、ある日、

「あなた、何も映らなくなっちゃったわ。怖くて乗れないよ」

通勤で使っていた絵里子が言う。

エンジンをかけてみると、本当だ、液晶画面が真っ暗で何も映っていない。

デンソウへ持ち込んで、液晶パネルをお兄さん持ちで新品に替えてもらったのだったが、しばらくすると、今度は智祐が、

「父ちゃん、この車うるさいよ」

と言う。

確かにブンブンとうるさく、降りて車体を覗き込むと、なんとマフラーに穴が空いているではないか。

前代未聞だ。

佐藤さんの手前もあるし、何回お兄さんの所へ行けばいいのかと憂鬱になり、ホームセ

ンターで、魔法帯とか言う物を買ってグルグルとマフラーに巻き付けた。

そして、これ程次から次へとおかしくなるのは、二万キロじゃなく一回りした十二万キロじゃないかとか、海辺を走ってそのままにして置いて塩分でマフラーに穴空いたんじゃないかとか勝手に勘ぐる俊夫だったが、江古田の家ももうすぐ完成するし、同居したら七人乗りのデリカを買う事にしていたので我慢して乗り続けたのだったが、とにかくこのマークⅡには閉口した。

平成三年三月二十五日、久米のアパートから豊玉上へ引っ越して、親との二世帯同居生活が始まった。

住友林業との契約は、いわゆる躯体、外壁、屋根等の総額金額で、その他の冷暖房設備費、ホームテレホンやアンテナ工事、外構工事は別途工事で、数百万かかった。

新居のリビングに、当時珍しかった36型のハイビジョンテレビを、音大に出入りしていた兼子電気から購入した。

その頃の大型テレビは、まだ液晶なんてなくてブラウン管だったが、36型は都内で3台目だとかで、笑い話じゃないが松下の偉い人とかもやってきて、テレビを囲んで記念撮影をした。

毎日が新鮮で、俊夫にとっては、あのうるさかった久米から解放された事が嬉しくて、又、通勤も歩いて行けるし万々歳だった。

絵里子は、入間までの通勤が大変で音大を退職し、子供達の世話をしていた。

智祐は豊玉東小学校へ入学し、貴品は栄町保育園に通い始め、正市は定年退職で暇を持て余し、新築の裏に自分の物置を作ったり、石神井公園へ釣りをしに出かけたりして、時間を潰している様だった。

そして、少ししてから絵里子は、知人の紹介で、近所の防水材料卸の『野口興産』に事務員として勤め始めた。

俊夫も正市も晩酌をやるので、皆で一緒に夕飯を食べる事を念頭に、六人掛けの大きなダイニングテーブルを設置して、最初の一ヶ月位は皆で食べていたが、次の月位から別々に食べるようになってしまった。

何故なら、年寄りと若いのとでは生活パターンが違うからで、俊夫が所沢にいた頃は、六時半から七時が夕飯の時間だったが、正市は相撲を見ながら食べ始め、六時過ぎには食べ終わって七時頃には床に就く毎日で、結局、俊夫がリビングで夕刊を読んでくつろいでいる時間に、じじばば二人は大きなテーブルに座り、夕飯を食べる様になっていったのだった。

でも、それはそれで仕方ないと思ったが、困ったのは、子供達が年寄りと一緒に食べたがった事だ。

「ちょっとお前達、もう少し後で、父ちゃんと母ちゃんと一緒に食べようよ」

とリビングで子供の気を引くドリルかなんかをやりながら頼む俊夫だったが、そんな姿を見たからか、遂に老夫婦は、自分たちの和室で食べる様になってしまった。

俊夫は、思い描いていた生活の違いに戸惑い前途多難だなと思ったが、その反面、贅沢な悩みも生まれた。

今まで毎月のローンを気にする生活だったが、気にしなくていい。

借金がないのだ。

車もデリカになったし、どうしよう、何に使おうと言う事で、やめておけば良いのに株に手を出した。

川口さんがやっていたので山種証券の営業を紹介してもらい、売買が始まったのだったが、結論から言うと大赤字で解約する羽目になる。

お金の使い道と言う点で言うと、一緒に住んだら、責任感からか、やろうと決めた事があった。

それは、給料日の夜、年寄り二人も連れて皆で外食する事で、歩いて二、三分の所にある中華料理店でコース料理を食べる事が多く、月一の贅沢を皆喜んでいると思ったが、実は自己満足でしかなかった。

年寄り夫婦は、恵んでもらっていると重荷に感じていたみたいだったが、俊夫は知る由もなかった。

面倒見なきゃと思う俊夫と、まだまだ世話になりたくない年寄りと、段々溝が深くなっていくのをその時は分からなくて、よせばいいのに色んな場所へ連れて行ったりしたのだった。

稲取銀水荘
五浦観光ホテル
熱海後楽園ホテル
富士急ハイランド
大洗海岸・九十九里浜・犬吠埼
石和温泉

でも、現実の生活に戻ると生活パターンが違う訳だから、何で玄関や食堂、全て別々の二世帯住宅にしなかったんだろうと後悔し始めた。

そして年寄りは段々自分達の和室にこもる事が多くなり、会話も少なくなっていったが、唯一の救いは無邪気な二人の存在だった。

智祐は入学と同時に豊玉東小学校のサッカークラブへ入り、貴晶も一年生になると入部し、絵里子はクラブの父兄達と練習の世話をする事で気分を紛らわせている様に見えた。

そんなある日、一つの出来事が起きた。

夕方、リビングで夕刊を読んでいた俊夫の所へ正市が険しい表情でやってきて、

「何で子供がテレビ見ちゃいけないんだ。自分は好きなだけ見てるくせに」

と、早口で怒鳴りだした。

あっけにとられた俊夫は、びっくりして何も答えられないでいたら、正市は、全く可哀想なんだから、とぶつぶつ言いながら自分の部屋へ戻っていった。

以前、子供二人には、目が悪くなってメガネを掛ける様になるから、テレビはダラダラ見ないで決めた番組だけ見なさいと話していたのだが、じじばばに見せてもらえないと訴えたのかはわからないが、気まずい時間が過ぎていき、腹が立った俊夫は二階の防音室に隠って、レコードをかけて気を落ち着かせたのだった。

しばらくして絵里子が仕事から帰ってきて、部屋に入ってきた。

唯一の理解者だと思っていたので今までの事をぶちまけると、すでにおばあさんから話を聞いていたらしくて、

「言ってる事分かるけど、あなた、悪いけど謝ってくれない？」

と、信じられない言葉を発したのだった。

「何で、何で俺が謝るんだよ。さっきはビックリして何も言えなかったけど、こうなりゃ本当の事言うよ。目が悪くなったら責任とってくれるのかって」

興奮している俊夫に、

「いや、お願いだから、ただ謝ってくれない？　あなた言ってる事わかるけど……言い争ってもめるのが嫌なのよ」

と、段々強い口調になっていく絵里子に俊夫は何も言えなかったが、ただ、イーグルスのデスペラードの旋律が切ない音で響いていて、黙って絵里子は出ていった。

サザンオールスターズ『真夏の果実』、サンタナ『哀愁のヨーロッパ』辛く切ない。

でも、このままじゃしょうがないと思ったので、意を決して下に下りていった。

皆、ダイニングテーブルに座って話していたみたいだったが、急に静かになった。

「すみませんでした」

とだけ言って、又、二階へ戻って行こうとしたその背中に、

「可哀想よ、テレビぐらい見せなきゃ」

と言う、おばあさんの声が突き刺さった。

何言ってるんだ、馬鹿野郎と心の中で叫んでいた。

そして一時間ほどレコード鑑賞し、気持ちを落ち着かせて又下へ下りていくと、年寄りはいなくて、子供は子供なりに俊夫の異変は分かっている様だった。

「父ちゃん、テレビ見ちゃいけないなんて言った覚えないぞ。ただ、目が悪くならないように、決めた物だけ見ろって言ってるんだよ、わかんないか」

いつしか怒鳴り声になっていた。

「もう、私も言ったからそれ位にして」

と絵里子。

「親にも言っておけ」

収まりのつかない俊夫はそう言い残し外へ飛び出して、鳥忠で焼き鳥をつまみに一杯やったのだった。

何日か気まずい日が続いたが、徐々に打ち解けていくだろうと楽観的に考えていたけど、かなわなかった。

そりゃそうだ、実の親子ならともかく所詮赤の他人な訳で、段々面倒見なきゃという気持ちから、世帯主二人はいらないなと思う気持ちに変化していくのだった。

智祐が三年生になり、サッカークラブの中でも試合に出る事が多くなった五月十五日、Jリーグという日本にプロサッカーリーグが誕生し、そのこけら落としの試合が国立競技場で行われた。

自分の子供達がサッカーをやってる関係で俊夫も興奮して四枚チケットを購入し、国立競技場へと出かけていった。

ヴェルディ川崎×横浜マリノス戦
井原・木村・都並・三浦・武田
そうそうたるスター選手の激突に超満員の観客は大声援で、試合は俊夫がひいきのマリノスが二対一で勝利し、記念の青いTシャツを買って、この時ばかりは家庭内のモヤモヤを忘れる事ができたのだった。

毎月の給料日の食事会は、

「私達年寄りはいいから、あなた達だけでいきなさい」

とのおばあさんの言葉で親子四人だけで行くようになって、徐々に二世帯での生活が行き詰まりかけてきた。

そして、智祐が四年生になった平成六年四月、遂に決定的な事件が起きた。

俊夫は、いつも財布をリビングのテレビ横に置く癖がついていて、それは所沢時代からやっていた事で、何かの集金が来てもすぐに出せるし楽だったからで、その日も、いつもの様に仕事から帰り置いておいた。

紙幣を折るのが嫌だから長財布で、中には五、六万円入っている記憶があった。

朝起きて朝食を取り、着替えて何気なく財布を手にして、その薄っぺらさにおやっ？と思い財布を覗き込むと、一万二千円しかない。

前の日、数えた訳ではないが少なくとも五万はあったはずで、

「おい。金ないんだけど」

財布を見せながら絵里子に言うと驚いた様子で、

「本当？　いくら入ってたの？」

「数えてた訳じゃないけど、五万か六万」

「全部無いの？」

「いや、一万二千円ある」

「元々そうじゃなかったの？」

「そんなはずないよ。持った時の感触が違うから」

二人のやりとりを聞きつけた年寄りがやってきて、絵里子同様、本当にそれだけ入ってたのかとか、何でそんなとこに置いておいたんだ等、俊夫を非難する言葉を並べるだけで、そんな有様に情けなくなる俊夫だった。

そして話の最後に、

いった。

「あたし達が取ったなんて事は絶対ありませんから」

とおばあさんが険しい顔をして言い残し、ドアをバタンと閉めて自分達の部屋へ戻っていった。

誰があの人達を疑う?

信じられないし情けなくて、俊夫はこの時、もうダメだと思った。

取りあえず職場に用事が出来て遅れる連絡を入れ練馬警察へ電話したら、二十分程して刑事二人と鑑識がやってきて、財布や色んな所の指紋を採ったり、スリッパの裏を見たり、床に粉をまいて観察したりして、

「最近、中国人の犯罪が多くなってるんですよ。奴ら、物取りで入って住民に見つかると迷わず首を切るんでわかるんですよ。首切るから……」

と、バッタリ出くわさなくて良かったみたいな話をして帰っていった。

床からは家人のスリッパと違う模様が一つ見つかって、窃盗事件として捜査すると言われたが、その口ぶりからして諦めるしかないなと思った。

そして、

「もうダメだ、一緒に暮らせない。この家出るぜ」

と絵里子に告げた。

その時の俊夫は、絵里子が親を取るのか自分を取るのかなんて事を考える事もなく、当然ついてくるもんだと思い問いただす事もしなかったが、驚いた様子も見せず、

「そうね。仕方ないわね。でも子供達に転校はさせたくはないわ」

と、諦めた感じで言うだけだった。

と言って出て行く当てもないので、暇があれば自転車でブラブラしながら近場でいい所がないか探すのだったが、ある日、気がついたら野村不動産の大きな看板の前に立ち止まっていた。

豊玉北だろうか、環七に面した肉の万世の裏、七階建ての分譲マンションで最多価格帯が七千万円とあり、二世帯住宅に全財産をつぎ込んでいたから、そこを出ると言ってもお金が戻る訳ではないし、手持ちも乏しくて、「こりゃ無理だ」とその場を後にした。

その頃の絵里子はと言うと、野口興産を辞めて近くにある×大学に就職していた。

なんと倍率二十倍の難関を突破し、電話交換手として働き始めていたので、二人で又ローンを組む事ができる、大学様々だと思った。

家を出たい一心で再び自転車を漕ぎ出すと、野村不動産のマンションから約五分程の所に、のぼりが風に揺られてパタパタとはためいているのが目に入ってきた。

ゴールド建設工業
『〇〇ハイム桜台』

分譲中
環七の有名な蕎麦屋『田中屋』から少し中に入った場所で、豊玉中だ。

最多価格帯五千万円台で五階建て、レンガ張りの立派な建物で、なんとかなるか?と思

い、営業の担当者からパンフレットをもらって絵里子に見せると、

「頑張って働かなくちゃ。子供達、転校させたくないし、そこなら近いから大丈夫でしょう」

と言ってくれた。

「悪いけど家を出る事にしたから」

ある日正市に告げると、一瞬ビックリした様子だったが、

「そうか、しょうがないな」

としか言われなかった。

もう年寄りと一緒に車に乗る事も無くなるし、少しでも現金が欲しくてデリカを下取りにブルーバードを買ったら、四十万円キャッシュバックされた。

そして、住宅金融公庫、私学共済、〇〇ファイナンスの借り入れ手続きを得て、七月十日、契約に至った。

１０２号室。

一階、道路に面した端の４ＬＤＫの物件で入居は九月末だ。

そして管理会社が間に入り、公共費、管理組合費、積立金などについて入居者達に話をしたのだった。

その一つが管理組合の人選で、理事長、副理事長、理事など総勢五人を選出するのだったが、入居者全員の会合で〇〇ファイナンスに一任され発表されたその中に、理事として

俊夫が選ばれたのだ。

理事長は朝日新聞社員で、副理事長は東芝の役員らしく、理事として選ばれた俊夫は、△△音楽学園と×大学のネームバリューだなと思った。

今まで駐車場を借りるなんて事が無かったけど、止められる台数に制限があるとの事で抽選会も行われた。

平置き七台、立体八台の計十五台で、外れたら近くの駐車場を探す事になり、当たれば月一万円で済むが、近くの相場は二万五千円していたのでこの差は大きいと思い、くじびきは、虫の知らせで連れて行った貴晶にやらせる事にした。

すると、出し入れしやすくベストな場所の立体駐車場上段が大当たりして、何か持ってる子だなと思ったのだった。

現金紛失事件から二ヶ月過ぎた六月から引っ越しの九月末まで、年寄り二人と顔を合わせる事は無かった。

特におばあさんの態度はひどくて、何処かから帰ってくると、壊れるんじゃないかと思う位思いっきり玄関ドアを閉めたりされ、もうとても居られる雰囲気ではなく、夏休みに入ると同時に四人で田舎へ帰ったり、日高の高橋家へ行ったりして避難生活を送って過ごしたのだった。

そうそう高橋家は、線路っぷちの飯能から、七十坪もある日高市の西武日高団地の大邸宅へ越していて、池野は池野で、本田製作所の寮を出て、これまた高橋の近くの武蔵台団地という所へ越していた。

こちらは中古だったが、倒産からよく家を買うまで立ち直ったもんだと感心した。

九月になり、引っ越しが段々近づいてきて、それに合わせる様にドアの開け閉め音がますます激しくなっていき、もう嫌だ、早く出たいと思った。

そして、やっと引っ越しの日が来た。

大きなリビング、ダイニングセット、36型ハイビジョンテレビ等が運び出されたが、年寄り二人は和室にこもったまま出てこなくて、最後の挨拶をとも思ったが、そっちがその気ならと何も言わずブルーバードへ乗り込み、十分程走って○○ハイム桜台に到着した。

一階の端の部屋だったから荷物の搬入はスムーズに行われたけど思ったより狭く、二人掛けのソファーがどうしても入らず、引っ越し業者に処分してもらって、小学校も転校する事なく四人での新生活がスタートした。

この年、勇喜夫も貴家さんから二件目の立派な庭付き住宅を同じ所沢に購入し、引っ越していた。

田舎はと言うと、嫁と姑の関係が順調とは言えず、息抜きと称して梅之は、たびたび新築の高橋家へ遊びに来ていて、この頃から愚痴をこぼす梅之を見て、陽子は引き取ろうかと考え始めていたみたいだった。

しかし、年寄りと一緒に暮らす難しさを知った俊夫は、どちらの肩を持つ訳でもなかっ

たが、そういう経験のない陽子は、

「母ちゃん可哀想」

の一言だけで、

「こっちにいるより、娘の所がいいんでしょうよ」

と、美容室に来た客に話す嫁と溝は深まるばかりで、どっちにしろ信一は間に入って大変だろうなと思うのだった。

だがそんな不安が的中し、遂に梅之が家を出て高橋家で暮らす事になってしまった。

引っ越しで荷物を運んできた信一が、

「俺の甲斐性なしでこんな事になってすみません」

と、皆に頭を下げた。

「本当だわよ。こんな事になるんだったら、土地を放棄なんかしなきゃ良かった」

と啓子と陽子。

俊夫は、

「俺も親と上手くいかなくて出ちゃったけど、本当の事言えばお前達夫婦が出て行くのが筋だろうよ。元々おふくろが住んでた家だったんだから。年寄りを追い出しやがって」

と声を荒げて言ったが、信一は頭を下げたまま黙っていた。

勇喜夫も黙ったままだ。

「鋼ちゃん、お世話になります」

と、梅之が言った。

それを聞いた俊夫が、

「シン、兄貴に一言あんだろうよ」

と言うと、ハッとした信一が、

「お兄さん、おふくろがこれから世話になります。申し訳ない。宜しくお願いします」

と、鋼三郎に頭を下げた。

鋼三郎は、

「どうって事ないよ、賑やかになって嬉しいくらいだよ」

と言ってくれたので、皆ホッとした。

その場に池野もいたけれど、何故か（珍しく）口を挟む事なく黙っていた。

でも、どんなに言い合っても兄弟は兄弟で、最後には、信一達も頑張ってやれと励まし、別れたのだった。

この年は、西武ライオンズの黄金期を広岡から引き継いだ森監督が勇退し、東尾が指揮を執り始めたのだったが芳しくなく低迷する事となり、大好きだった清原が巨人へ移籍し明るい話題がなくなっていくライオンズだったけど、相変わらず年数回は練馬から西武球場へ足を運ぶ俊夫だった。

智祐が豊玉中学校に入り、これといった出来事もなく暮らしていた平成九年七月の夕方、絵里子が段ボールを抱えて帰ってきた。

箱の中からミャーミャーと声がして、覗き込むと小さな生まれたばかりの子猫がガタガタ震えている。

「大学の校庭で生まれたのよ。警備が見つけて焼却炉に入れると言うから可哀想で持って来ちゃった」

と言う。

「ひどい警備だな。でもペット禁止だぜ、ここ」

「大丈夫よ、他で飼ってる人いるみたいだし」

「いや、俺理事だぜ、まずいよ」

と言ったが、子供も可哀想だから飼うといいはり、仕方なく飼う事になった。

名前は、大好きだった清原からとって、『キヨ』と命名した。

俊夫は田舎で猫を飼っていたので要領は分かっていたから、野良猫のキヨはトイレのしつけが大変だと思ったが、一、二回粗相をした程度で「ダメだ、トイレでやるんだ」と教えたらちゃんとやるようになって助かった。

後はなるべく鳴かない様にする事と外へ出さない様に気を遣い、平凡な毎日に刺激を与えてくれるキヨに感謝するのだっだ。

梅之は日高の暮らしにも慣れて、何より嫁への気遣いがなく穏やかな暮らしを送っていたが、段々内職をやってた友達の大滝さんや、白倉、柳川の弟達の事を思い出し、会いたくなったみたいだった。

そんな気持ちを察したのか、陽子が遊びがてら田舎へ行くと言い出し、一緒に行こうと誘われた。

練馬の実家にいられなくて帰った時以来で、あまり乗り気ではなかったが付き合う事にして、九月十四、十五の祭日と十六日を休んで、三日間の山形旅が始まった。

高橋夫婦に梅之と啓子、俊夫夫婦の車二台で、子供達はキヨと留守番、勇喜夫達は不参加だった。

十一時半、セーラ美容室に到着するともう高橋達は到着していて、賑やかな声が聞こえてきた。

みんなそろったので柳生から出前を取ると言う。

この柳生とは寒河江の実家から近い所にある中華屋で、その中華そばは絶品だった。

腹ごしらえを終え、梅之は大滝さんの所へニコニコしながら土産を持って出かけていき、疲れた俊夫と鋼三郎は横になった。

夜は、梅之の弟、義男さんの柳川にお呼ばれになり、酔っ払ってもいい様に鋼三郎の車は下戸の信一が運転し、俊夫の車は、絵里子が帰り運転すると言う事で二台で出かけたのだった。

繁美叔父さんや白倉のおじさんも来ていて豪勢な宴会が始まり、俊夫は何年かぶりにゲロゲロになってしまい、気がついたら実家の仏壇のある部屋で寝ていた。

ワイワイ言う声と茶碗が当たる音で朝飯を食べているんだと分かったが、とても起きていく元気がなく、布団をかぶってしまった。

二日目は、スーパー『タカキ』に買い物に行き、夜すき焼きをした。

勿論、肉は豚だ。

梅之と久しぶりに会った信一の子供、信吾と理香も一緒だったが、パーマ屋が忙しいのか嫁は顔を見せなかった。

「お母さんに肉、取っておいて」

理香が言う。

やはり親子である。

はいはいといいながら、小さな鍋に肉入り具をよそう陽子。

結局、三日間で嫁と会ったのは着いた時と帰る時の二回だけで、嫁姑、お互いの頑固さ、毛嫌いさの根深さに接して、あらためて別々でしょうがないなと思った。

でも今回は梅之が色んな人に合う事が目的だったから、まあまあ目的達成だったなと自己満足したりするのだった。

西武球場は、立地条件や成績低迷もあり客足が伸びず移転がささやかれていて、所沢駅すぐ近くの車両基地跡に建設するとか、東伏見のスケート場に造るとか色んな噂が飛び交っていたが、何と二年掛けて今のまま屋根をつけてドームにする事が分かった。

しかも完全に覆わないで、緑が見えるみたいで、開放型だから空調設備が要らないらしくて、さすが西武のやる事だ、ケチったなと思った。

こうして、九年、十年の二年を経て西武ドームは完成し、こけら落としの十一年、平成の怪物、松坂大輔が入団してきたのだった。

東尾が自分の大事な記念球を差し出して口説き落とした話に感動した覚えがあり、俊夫は、初登板の東京ドーム二階席でその勇姿を目に焼き付けたのだった。

一回裏、片岡に投げた155キロに球場がどよめき、凄いのが出てきたと思ったら、何と初先発、初勝利してしまった。

まさしく怪物だ。

そんな活躍に興奮する日々だったが、生活面ではマンション暮らしにも慣れてきて、またまた悪い癖で刺激が欲しくなってきた。

所沢、上新井の新居購入から三年ごとに転居を繰り返してきた事になり、このマンションにはもう五年住んでいる訳で、そろそろそわそわして来る頃で、やはり毎月の管理費や積立修繕金、強いては駐車場代などが馬鹿らしく思えてきた。

言い訳がましいが、月日が経てば経つほどマンションの価値が下がるだろうと思い、戸建てで車庫があればベストなのになあ等と考えながらブラブラと散歩に出かけた。

すると、〇〇ハイムから三分程の少し坂を下った角地にのぼりが立っているのが目に入った。

『三棟・新築分譲地　早宮住販』

そんなに広く感じない土地に三棟も建つの？と思ったが、すでに三つに区切られていてコンクリートの基礎が出来ていた。

買うなら角のここだなと勝手に決めて、毎月の無駄金と戸建てのメリットを説明して、絵里子に見に行ってくれと頼んだ。

「基礎だけでイメージ沸かないけど、建てるなら角の所ね」

見てきてそう言った。

「うん、俺もそう思う。早くしないと先越されるかも。今から行ってみるか」

早速、看板に出ていた早宮住販へと向かったら若い営業マンが応対してくれたのだが、冷やかしじゃないと感じたのか途中から専務が同席し、三棟の図面が出来ていると言い見せてくれた。

やはり専務も、土地は一番少ないけど東南で日当たりがいい角地を進めてくれた。

総工費、五千五百八十万円。

一週間以内に決めてくれたら百万引くと言われ持ち帰ったが、何回も契約の経験がある俊夫は、心の中でもう買うと決めていた。

うすうす察していた絵里子も、

「いいんじゃない」

と言ってくれたので、

「御社の実際建てた物件を見たい」

と、わざとじらして営業マンに言ったら、それなら完成したばかりの物件が旭町にあると言われ、連れていってもらった。

総タイル張りの外観、綺麗なフローリングの床、全てが素晴らしかった。

「ここと同じくらい立派な家になりますよ」

微笑む営業マンに、

「よし、契約だ」

と言ったのだった。
○○ハイム桜台の売却と新しい契約で一気に忙しくなり、マンション売買大手の大京住宅販売に○○ハイムの売却を頼み、チラシ作戦が展開されて、土日や平日の夜、何人か部屋を見に来たのだったがなかなか決まらず、段々値を下げて、結局、三千七百万を三千百万に下げたところで買い手がついた。
契約した新築現場の図面では、二階は十六畳のリビングダイニングと六畳の和室になっていたが、和室は必要ないから壁を取り除いてフローリングに変更し、全面床暖房にしてもらい、その代わり一階洋間を和室にして夫婦の寝室に使う事にした。

こうして工事も順調に進み、智祐の井草高校入学決定を得て、平成十二年三月、豊玉中一丁目の新築戸建てへ移り住んだのだった。

キヨは、最初、何処へ連れてこられたのかと一階和室の隅っこで固まっていたが、クンクンと周りの匂いを嗅ぎ初めすぐに慣れていき、洗面所の横に置いたトイレを理解して用を足す、本当に世話の掛からないよい子だった。

智祐の井草高校へは、自宅から西武新宿線沼袋駅まで自転車で行き、上井草駅で降りると言う通学手段だった。

新生活が始まり三ヶ月後のある日、今度はブルーバードに飽きてきて、仕事帰りに環七沿いの中古車販売店に立ち寄った。

特選車の派手なパネルがフロントグリルに貼られている白いセドリックだ。

凄い、本革だ、格好いい。

マークⅡには閉口したが、憧れの車で、しかもＶＩＰじゃないか。

まるで新車さながらの外観、内装とも綺麗で、

「今日入ったばかりで、すぐ出ちゃいますよ。こんな程度のいい物、そうないですからね」

俊夫に気づき、店の人がやってきた。

「何でこんな値段なの？　事故車？」

「冗談じゃないですよ。ウチは正規のルートでしか取引しませんから。だから掘り出し物なんですよ。強いて言えば車検が２ヶ月後だという事位かな」

それにしても、このクラスで百八十万なんて信じられない。

本革シートが、乗降時、後ろへ動くと言うし、これは買いだと思ってブルーバードの査定をしてもらい、諸費用込みで丁度二百万円だと言われ、当然即決で憧れの高級車セドリックを手に入れたのだった。

自宅の車庫は一階和室のすぐ横にあり、ブルーバードの出し入れには苦労しなかったけれど、一回り大きなセドリックは少し気を遣うだろうなと思うのだった。

自動車保険はセレステの事故も扱ってくれた東京海上に頼んでいたので、車検証を見ながら代理店の三浦さんへ車両入れ替えの連絡を入れた。

「いい車買いましたね、ＶＩＰですか。保険料、差額頂くようになりますけど」

といわれ、改めて高級車だと実感した。

一週間後、ブルーバードを置いてセドリックに乗って帰宅したら、案の定、切り返さないと車庫に収まらなかったけど、最高だ、この顔と思い、苦にならなかった。

今では当たり前だが、当時珍しかったキー操作。

離れたところでキーを押すとドアの開け締めが出来、ドアにキーを差し込む必要がなく、感動、感動だったが、その中でも一番凄いなと思ったのは、買う時言われた乗り降りする時シートが後ろに動く事で、乗ろうとしてドアを開けるとシートが後ろへ動き、座ってエンジンをかけるとドライビングポジションに戻ってくれると言う至れり尽くせりで、優越感を感じた。

しかし、クルーズコントロール（自動速度運転）や、レーンはみ出し警報など色々付いていたが、残念ながら使いこなせなかった。

そして運命の平成十三年。

この年は、俊夫にとって最高についていた年だったので記しておこうと思う。

貴晶が武蔵丘高校に入学し、新青梅街道を自転車通学し始めた。

根っからギャンブル好きな俊夫は、隣の管理課にいる遠藤君と競馬とサッカーくじトトを買っていた。

俊夫は、ネットでJRAの会員になっていたから遠藤の馬券を買ってあげていたし、遠藤は東上線なんとか駅前でトトを買い始めていたので俊夫も頼んで買ってもらったりしていて、持ちつ持たれつだった。

そして、もし当たったら、買ってくれた方に1割あげる事は暗黙の決まり事になっていた。

第五回トト。

第四回まではかすりもしなかったが、そりゃあそうだろう、十三試合の勝敗、引き分けを当てる訳だから無理な話だ。

夜、何を思ったのか全然当たらないので、貴晶にトトの記入用紙を渡し書いてもらった。〇〇ハイムの駐車場大当たりを思い出し、こいつ、なんか持ってるなと直感したからだった。

「こんなもんかな」

あっという間にマークシートを塗りつぶして差し出したのでありがとうと言い、翌日遠藤に手渡して購入してもらった。

十三試合の結果等その日に確認する事もなく（当たると思ってない）、月曜の朝刊を見て、貴晶にマークシートのコピーを渡し、俊夫が勝ち負けを読み上げた。

「当たり、当たり、当たり……」

と、貴晶。

「えっ」

「当たり、また当たり」

「えっ、どうなってるの」

「あっ、外れ、……でも凄いじゃん。一つだけだよ、外れたの」

「凄いよね。十二個あたり。全部当たったら一億だから、いくらになるんだろう」

と俊夫。

新聞には速報としかなく金額は載ってなかったけど興奮冷めやらず、券を持つ手が震えた。

スポーツ振興くじの取り扱いは何故か信用金庫だったので、江古田銀座にある城北信用金庫へ、九時になるのを待って、仕事を抜け出し駆けつけた。

受付の女子行員へ当たり券を差し出すと驚いた様子で奥へ持って行き、なかなか帰ってこなかったが、しばらくして上司とみられる男と戻ってきた。

「お待たせしてすみません。いやあ、二等当選ですね。おめでとうございます」

ニコニコしながら話しかける。

「是非とも、当行に口座作ってもらえませんか？」

「いや、いいです。当選金っていくらなんですか？　確かめてないもんで」

「ハイ。ええと、七十万三千円ですね」

「えっ？」

あまりの少なさに驚いた。

「嘘でしょ？　一つ外しただけですよ。十二組当たってるんですよ」

「いやあ、私に言われても……これが印字した物です」

と、小さな紙切れを差し出した。

スポーツ振興くじ明細書第００５回、二等７０３，２４２円　払戻し予定日4月19日と書いてある。

「えっ、今日もらえないの？」

「はい、ですから是非口座を作って頂いて……」

と、ボソボソ言ってたが聞こうともせず紙を受け取って店をでた。

せめて一千万にはなるんじゃないかと思っていたのでガッカリとショックが大きかったが、四月十九日、現金を手に入れて遠藤に七万円手渡した。

実は、当たった事を黙ってれば分からないと一瞬考えたが、そんなケチったらしい事はよそうと思い渡したら、

「えっ当たったの？」

と大喜びしたのだった。

家に帰り、貴晶に金額を告げると、

「だせえな」

と、意味の分からない一言だったが、一万円あげると、

「ええっ、あざーす」

何の意味の「ええっ」か分からなかったが、お金を持ってすぐいなくなった。

それから数日後、晩酌を終えた俊夫は、目白通り沿いにあるペットショップ『コジマ』を見に行こうと、絵里子と貴晶に誘われた。

特段、何の予定もなかったので、セドリックの後部座席に乗り込んだ。

店は、キャンキャン、ニャーニャーうるさく客は居なかったが、あるゲージの前で二人は立ち止まり「可愛い」と笑って言っている。

1歳位のポメラニアンで、値札は14万円。

俊夫は、可愛いよりも値段を見て高いなあと思ったけど、こりゃ買うなと直感で思ったら案の定、

「トトで儲けたんだから、いいでしょう？　買っても」

ダメだと言えなくて二人の作戦にまんまとはまり、トト犬のポメラニアンが家族に加わりパフと名付けられた。

そして次の大当たりは新緑がまぶしい五月下旬の頃、何となく見ていた雑誌にキリン

ビールの懸賞記事が載っていた。

２リットルか3リットルの生ビールの樽をセットし、店で飲むような泡が出るサーバーが当たるというもので、いつもはハハッと鼻で笑うだけだったが、その時だけは何故か応募してみようとはがきを探すのだった。

ダメ元ダメ元と思いながら応募し、応募した事すら忘れていた七月初め、

「宅急便です」

なんと、当選したのだ。

しかもそれだけじゃなく、サーバー当選者が全国で何人いたのか知らないけど、その中から更に年四回、肉やら魚やら野菜が届くのにも当たったと言う事で、ダブル当選、ビックリ仰天の大当たりだった。

まだ続く。

次は、中央競馬が札幌や新潟、福島での開催から帰ってきた九月初めの中山開催の10レース、馬連で６８２０円の高配当が付いた。

いつもは、百円、二百円とチビチビ賭ける俊夫だったが、何を勘違いしたのか、この馬連に５００円賭けていたので、これもビックリ仰天の大当たりだ。

まあ、そんな調子で年の瀬を迎えたのだったが、競馬でも何でもいいからもう一勝負しておけば良かった、こんなについてる年は二度と無いだろうに、と後悔するのだった。

ついでだから言っておくが、競馬は細々とやり続けているけど、トトは六回以降買って

いない。

これから記す出来事は、今想えば前年の大当たりが続いているんじゃないかと言う、失意のどん底から大逆転する話です。

平成十四年五月の朝、一階和室から見える窓がやけに明るく感じられた。

窓の外は車庫で、いつもはセドリックが止まっているから薄暗く見えるのに、その日はやけに明るく感じて、何気なく窓を開けてみたら車庫はガランとしていて何も無い。

「おい、車何処やった?」

布団の中にいる絵里子に問いかけると、

「えっ?　私知らないわよ。乗ってないし」

そうだよなと思いながらも状況を理解できない俊夫は、昨日何処かへ乗っていって置いてきたっけと思ったけど、いやいや、乗ってないなと寝ぼけまなこで自問自答した。

「無いんだけど……」

独り言を言いながら玄関のドアを開けて外へ出てみたが、やはり車庫は空っぽで何も無い。

ええっ?　おいおい、盗まれた?

やっと状況が分かった。

セドリックが盗まれたのだ。

「おい、盗まれちゃったよ」

大きな声を上げると絵里子はビックリして起き上がり、向かいの恩田さんも声を聞いて慌てて出てきて、

「おまわり、おまわり」

と、大騒ぎになった。

職場に少し遅れると連絡し、パトカーが来るのを待っていたら、豊玉南の交番から駆けつけたんだろう警官が自転車でやってきた。

「どうしたんですか？」

１１０番通報で事情を知って来たんだろうにと思ったけど、止めておいた車がなくなったと説明すると、車庫を確認し無線で何処かと連絡を取り、

「鑑識が来ますから車庫に誰も入らないように……この坂ならエンジンかけないで下っていけるな」

などと独り言を言い、納得した様子でうなずくのだった。

そう言われると森本家は、なだらかな坂道の真ん中当たりにあり、大雨が降っても下の方に下っていく心配いらない地形で、しばらくするとパトカーが無音でやって来て、鑑識作業が始まった。

「だんなさん、ちょっといいですか」

鑑識の一人に手招きされて車庫に行くと、車があればちょうど運転席のドア辺りを指さして、

「これ見てくださいよ、分かります？　この削ったような粉」

と地面を指差したが、理解できなくて首をかしげていると、

「アルミですよ、鍵穴に合うように削った後の粉です。間違いない、盗難です。被害届出してください」

と告げられ、納得したのだった。

そう言えば、普段おとなしいキヨが夜中にニャーニャー鳴いていたと話したら、自転車で来ていた警官が、それで起きて犯人とバッタリ会ったら刃物で刺されてたかも知れないなんて嫌な事を言い、皆、こんな近くで車の盗難があるなんて信じられないと言いあうのだった。

被害届を書き、一応保険会社へ連絡をと思い、代理店の三浦さんへ盗まれたから保険を停止してくれと告げたのだった。

「あら、大変な目に遭いましたねえ、分かりました。止めておきますから」

と、三浦さん。

釈然としない俊夫は、だれもいなくなった、何も止まっていない車庫をぼんやり眺めていたけど、仕方ないと自分に言い聞かせ、着替えて仕事へ行こうとした時、三浦さんからの携帯が鳴った。

「森本さん、調べたら車両保険付いてるから保険下りるよ。地震、浸水などの自然災害や盗難も対象だから」

「ええっ、本当？」

幾らかでもキャッシュバックがあると思い、目の前が急に明るくなったのだった。

「調査員が自宅へ伺って話を聞きますから。後ほど携帯へ連絡行きます」

と言われ、少しホッとして仕事へ向かったけど仕事どころではなかった。

調査員からなかなか連絡が来ず、来たのは仕事を終え帰宅した六時過ぎで、東京海上の調査員、清水だと名乗り、警察への被害届提出の確認が出来たので、明日の今頃来ると言われ、了解して次の日を待った。

きちんとした身なりの、いかにもエリートっぽい調査員が家の周辺を一通り見渡して、道路や家、車庫など何枚か写真を撮り、居間に戻って書類を出して眺めながら、

「盗まれたセドリック、新車じゃなかったんですね」

と、俊夫を見ながら言い出した。

「ええ、三浦さんには車検証のコピーも渡してますけど中古ですよ」

「参ったな。それで三百万もつけてるの？」

独り言を言いながら書類を眺めて、

「これ、全額は難しいですよ。中古ですし」

と言う。

その言葉を聞いて、付けてた保険金額が相場より高かった事を理解した俊夫は、

「えっ？　それはないでしょう。私は一言も新車だなんて言ってないですよ。車検証のコ

ピーも渡してるし、三百万付けたのは、あなた方でしょ？　その差額も払っているし」

興奮して一気にまくし立てると、清水さんは俊夫の態度を予想していなかったのか一瞬戸惑った様子で、

「いや、私が言いたいのは、車をロックしていなかったり、盗まれて当然な過失がなかったかと言う点も考慮しなきゃいけないという事でして……」

と、歯切れの悪い言い訳をするのだった。

「過失なんてないですよ。鑑識もアルミを削って鍵を作ったと言ってるし。第一、鍵は、ほら、ここにあります」

と、調査員の目の前に突き出すと、分かりました、持ち帰りますと席を立った。

「受けたのはあなた方で、私に落ち度はないと思いますので宜しくお願いします」

と念を押して見送ったのだったが、少しして三浦さんからも連絡が来た。

ＶＩＰに気を取られて普段より多めに設定したと言い訳をしていたが、調査員に言った通りの事を言い、全額お願いしますと譲らなかった。

そして、一週間後、三浦さんから、

「書類に捺印してもらいたいので、明日、音大にお邪魔したいのですが」

と電話が来た。

いいですよと答えると、

「全額振り込みますので、銀行口座も教えてください」

と言い、心の中で、よし、やったと思った。

次の日の昼休みに三浦さんがやってきて色々な書類に判を押して、最後に、もし車が見つかって戻ってきても所有権は東京海上になる事を承認してくれと言われ、分かったとサインして終了したのだった。

しかし、その後、車が見つかる事は無く、三百万が入金されて、なんだか去年のツキがまだ続いているのかなと思ったりするのだった。

東京の普段の生活では車に頼る事はなく、バスや電車で十分だが、いつもある物がないと無性に欲しくなるのが人間なんだろうか、車がないと乗りたくて仕方がない。

実は、セドリックが盗難に遭い、保険金が下りるかもしれないと言う時、東京日産から２５００ＣＣのセドリックの新車カタログを取り寄せ毎日眺めていて、心の中では、いつもの様にもう購入する事を決めていたのだ。

ＶＩＰとはいかないが、２５００ＣＣの新車は約2ヶ月後に納車だと言われ、チェリー、セレステから始まり、遂に、白い新車のセドリックに心躍る俊夫だった。

この年のライオンズは、伊原の元、カブレラの五十五本塁打や松井稼頭央の活躍により、ぶっちぎりでリーグ優勝を果たしたが、日本シリーズでは、宿敵ジャイアンツに一つも勝てないで終わってしまった。

屈辱。

平成十五年は智祐が井草を卒業して東京国際大学へ入学し、俊夫と絵里子は川越校舎での入学式へ出席したのだったが、あと四年間、いや貴晶を含めると五年間、大変だなとため息をつくのだった。

周りが騒がしくなったのは六月に入ってすぐで、長女の啓子から、

「トシ、大変な事になったよ。陽子と鋼チャン別れるんだって」

正月は全然そんな感じを受けなかったが、ただ、三月のお彼岸に家へお邪魔した時は、やけに愛想悪いな、疲れてるのかな?みたいな感じはしていたけど、離婚とは。

気まずいなあと思いながらセドリックを走らせて日高へ向かったら、鋼三郎の姿はなく、陽子と梅之が座っていた。

「何がどうしたんだよ」

「出て行っちゃったのよ」

精一杯の言葉に、

憔悴しきった様子で陽子が言う。

何と、ビックリ仰天のフレーズ。

「俺が出てこなきゃ良かったんだよ……出てこなきゃ、二人で上手くやれたんだろうに」

と、自分を責める梅之に返す言葉がなくて、こりゃ参った。

財産分与の話まで進んでいて、もうどうしようもない状況だと分かり、お袋は何も悪くないから自分を責めるなと言い、しっかりしろと陽子を励まして帰るしかなかった。

梅之が来た事が一因だな、でも、もし来ていなくて二人だけだったらこうならなかっただろうかと自問したが、子供がいない事も一因だし、何ともいえないないなと思った。

詳しいいきさつは知らないが、日高の家を陽子が貰う事になり、親子二人で暮らす事で落ち着いたのだったが、その後、鋼三郎の顔を見る事はなかった。

翌年、今度は貴晶が武蔵丘高校を卒業し、淑徳大学に入学した。

智祐の時と同様、二人で所沢近くの埼玉校舎の入学式に出席したのだが、音大と違って近代的な校舎で、モダンな建物に圧倒された。

智祐は江古田南口の百円ショップで、貴晶は練馬駅ナカの和幸というとんかつ屋でバイトをして小遣いを稼いでいるみたいだった。

時は流れて平成十九年四月、智祐が無事大学を卒業し、三井物産エレクトロニクスと言う会社に入社した。

一人自立してホッとしたのと時を同じくして、絵里子は×大学の入試課へ移動になり、俊夫は変わりなく平凡な毎日を送っていたが、そろそろ悪い癖がモコモコと頭を出し始めてきた。

そう、セドリックに飽きてきたのだ。

こうなると気持ちを抑えられない俊夫は営業の柴田に連絡し、セドリックの後継車、フーガの試乗をしてみたのだったが、言うまでもない高級感と優越感を感じ、即決でフーガが我が家の次車になった。

貴晶は卒業を来年に控えて趣味の自転車乗りに忙しい毎日を送っていたし、梅之と陽子も二人で穏やかに暮らしている様子だったが、池野は息苦しいとかで病院通いをしているとの事だった。

田舎は、長男の信吾が精神不安定で引きこもっているらしく、お袋を追い出した罰が当たったんだなんて事を思ったりした。

この年は食品偽造問題が世間を騒がせた年で、大手菓子メーカーの期限切れ牛乳を使ったシュークリーム問題や、和菓子の製造年月日改ざん、老舗割烹店の牛肉産地偽造等があった。

特に割烹店の女社長が、息子の専務だかに、知りませんと言えと小声で言う記者会見の場面は滑稽だったし、哀れだった。

智祐に続いて貴晶も無事卒業し、俊夫の、ちゃんとした会社へ就職しろと言う助言を無視して、何とバイク便のバイQという会社に、個人事業主として働き始めた。

バイク便の自転車版らしく、書類などの荷物を自転車で届けるみたいで、都会では小回りがきくし、バイク便より料金も安いので重宝されてきているらしく、少し前にメッセンジャーとか言う映画があったが、まさしくそれだった。

まあ、何はともわれ出費が一段落して安堵した。

絵里子は、入試課へ移ってから何故か残業、残業の毎日で、帰りが十時を過ぎる事も度々あり、夕飯は、朝、絵里子が作ってくれたおかずをチンして食べる日が続く様になっていき、毎日遅くて身体大丈夫かと心配する俊夫だったが、池野は池野で心臓が芳しくないらしい。

年が明け、二日、恒例の喜多院初詣だ。

森本家では、毎年二日に喜多院で一番護摩を受け、その足で高橋家に行って年始の挨拶をするのが慣例になっていた。

何故喜多院なのかは、川越に住んでいた川口さんから、護摩を焚いて貰っていると言う話を聞き、それじゃあ俺もと始めた事だった。

今年は鋼三郎がいなくて池野も具合が良くなく、あまり酒が進まない俊夫と勇喜夫は草々に退散した。

二月中旬、例年通り、職場が慌ただしくなった。

この時期、次年度に向けて人事異動や昇級の通達が行われるのが恒例行事で、呼ばれる人は総務から、いついつの何時には席に居るように告げられ、ああ、呼ばれるんだと分かる仕組みだった。

「森本さん、十九日二時半、自分の席に居てください」

総務の田辺主任から電話があり、おおっ来た、遂に昇級かと思った。

平成十三年に主任二級へ昇格してから八年経過していたし、そろそろ一級かと思っていた矢先の呼び出しに期待が膨らんだ。

十九日二時過ぎ、入間の営繕二課、和田主任が部屋に入ってきた。

「あれ？　ワダちゃんも呼ばれたの？」

思いがけない人が来たので問いかけると、

「うん、なんでだか分からないんだけど」

と言う。

和田君は俊夫と同じ年で、俊夫より数年遅く入って入間校舎に勤務していて、役職は俊夫と同じ主任二級で、同時に一級に昇格かなと勝手に想像する俊夫だった。

二時半、電話が鳴って法人会議室へ来るように言われた。

「失礼します」

と言い中に入ると、大きなテーブルの真ん中に、理事長初め各部長がズラリと並んで座っている。

「森本君、どうぞ座って」

と理事長に促され、対面の中央に腰掛けると、理事長から言われた思いもしない言葉に唖然とした。

「森本君、来年度から入間に行って貰うから」

考えてもいなかった言葉に、

「えっ？」

と、思わず洩らしてしまった。

すると、追い打ちを掛けるように管理部長が、

「森本君、長い間江古田で頑張って貰いましたが、少し環境を変えて入間で頑張って貰う事になりました。宜しくお願いします」

「……はい。頑張ります……」

蚊の鳴くような声で答え、重い足取りで部屋に戻ると、すれ違いに和田君が呼ばれ、そこで初めて理解した。

俺と和田の入れ替えだ。

課長になってた川口さんはあと一年で定年になるので、てっきり自分が後を継ぐと思っていたし、周りもそうだろうと受け取っている様子だったので、この人事には正直驚いた。

帰ってきた和田君が、

「江古田だってよ」

と、これもビックリした様子だったが、俊夫が入間だとわかると、

「森本さん大変だね、これから入間じゃ。泊まりもあるし」

と言うのだった。

泊まり?

そうか、女子寮があるから、冷暖房の為、交代で泊まり勤務があるのだ。

それよりボイラーの免許取らないと泊まる事出来ないんじゃない?とか、通勤が大変だとか色々言われ、考えてもいなかった事に戸惑う俊夫だった。

和田君は和田君で、実はかみさんの身体が思わしくなく、なんでも難病で自分では何も

出来ず、食事から入浴まで、身の回りの事は自分と二人の子供でやっているから、本当は慣れ親しんだ家から近い入間がいいんだけど、と愚痴るのだった。

結局、和田君は主任一級に昇格し、事実上、川口課長の後任になる人事で、俊夫は二級のまま定年まで入間勤務かとガックリしたのだった。

そして四月一日、入間勤務が始まった。

七時十分、練馬駅前駐輪場に自転車を預け、電車で仏子へ行って、駅から構内バス乗り場まで十分歩き、バスに五分乗って職場に着くルートだったが、江古田勤務の気楽さに比べたら雲泥の差だし、往復の時間だけで疲れてしまった。

それに、初めて見る職場や校舎で、新人同様、覚えるまで大変だ。

一応、主任二級だが、和田君が移動になって、同じ二級の松山さんが後任のトップとして業務に当たる様になった。

和田君も組み込まれた課員六人のローテーションで泊まり勤務をこなしていたみたいだが、俊夫はボイラーの免許を持っていないし、松山さんもローテーションら抜ける為、四人で回ると聞き、負担が大きくなって申し訳ないと思い、これは早く免許取らなきゃいけないと現実を受け止めるのだった。

こうして片道一時間の通勤時間、ボイラーの参考書との睨めっこが始まり、休みの日には県の職業訓練所へ通ったり問題集を解いたりして、試験へ向けての忙しい日々を過ごし始めていた。

　火曜日は、週一で部長会が入間で行われる日で、理事長初め各部長達が集まる日だ。

　普段のんびりしている入間の職員達は火曜日だけはピリピリする感じだったが、ある火曜日の午後、袴田総務部長から第二会議室へ来る様に言われ、何だろうと思いながら管理課隣の会議室へ入ると、ソファーに総務部長が腰を下ろしていて座るよう言われた。

「どうだい、森本君、入間は慣れたか？」

　と、ニコニコしながら話しかけてきた。

「はい、……ボチボチです」

「いや、来て貰ったのは、移動した事について話しておこうと思ったからだよ」

「？」

「何故移動になったと思う？　人ってねえ、色んなところを見て色んな事を言うもんなんだよ。君の事もね、ある噂が出てこうなっちゃったんだよ」

「何なんですか？　噂って」

「うん、昼休みの事だからと言えばそれまでなんだけど。君が営繕の事務所で、机の引き出しを出して、足を乗せてふんずり返っていたと言う人がいてね」

「えっ？　……ああ、はい、ありました。昼休みに音楽をウォークマンで聴いたりしていましたので……」

「そういうところを問題視する人もいるんだよ。いくら休み時間でも学生が入ってくるかも知れないし、教育者としてどうかと言う意見が出てね」

「……そうですか。いや本当の事を言いますと、何で移動になったんだろうと思っていましたが、これで理解できました。自業自得ですね」

薄ら笑いを浮かべて話すと、

「ボクは君の事、買ってるからね。それだけは覚えておいてね」

と言ってくれた。

わざわざありがとうございましたと一礼し部屋を出たのだったが、モヤモヤが晴れたのと同時に、自分を気に掛けてくれている袴田先生に感謝するのだった。

ボイラー試験は往復通勤の勉強の甲斐もあってか一発で合格し、六月末に免許証が交付され、七月からローテーションに組み込まれて泊まり勤務がスタートした。

電気工事士に合格して支給が始まった技術手当は、ボイラー免許を取得しても上がることはなく、二万円のままだった。

泊まり初日はベテランの佐藤さんと一緒に勤務し、手順を教わった。

夜十時まで冷房運転をして、その後、後始末をして十時半就寝。

次の日は五時半にボイラー運転開始で、ボイラー、冷凍機、ポンプ類のスイッチ等、手順を間違えると大変で眠いなんて言ってられないし、二回目からは自分一人しかいないので緊張の連続だった。

泊まった次の日は八時二十分に勤務明けになり翌日まで自由なので、泊まりの日はフーガに、絵里子が作ってくれた昼飯、夜飯、朝のカップ麺を積んで車通勤した。

校舎に近い圏央道日高経由だと高速代が馬鹿にならないので、いつも所沢で降りて一般道で通勤していたが、三回、四回と泊まり勤務を続けるとだんだん慣れてきて、皆と入れ替えに帰れるし、その日は何曜日だろうとフリーなので、この勤務も悪くないなと思えてくるのだった。

夏休みと正月以外はローテーションでの勤務が続き、あっという間に月日が過ぎていき、慣れない環境に順応し始めてきた頃、絵里子に異変が起きた。

朝、起きられないのだ。

×大学入試課での勤務は、相変わらず残業、残業だったから疲れがたまったんだと思い、少し休むように言い残し、仕事へ向かった。

その日は、ローテーションで泊まりの日だったがコンビニ弁当で我慢して、次の明け日、帰宅すると一階和室で床に伏してた。

「どうだ、良くないのか？」

「……」

「飯、食べたのか？　食べないと元気でないぞ」

すると、

「医者に行ったら、うつ病だって言われた」

と言って、布団をかぶって泣き始めた。

思いもしなかった言葉に驚いたが、

「何処の医者だよ、一緒に行って話聞こうよ」

まだ午前中の診察に間に合うと思い、なんとか支度させて、目白沿いの内藤精神科へ向かった。

医者の見立ては、精神的に落ち込んでいて食欲がなく、元気が出ないのだと言い、今の生活の何処かに原因があるんじゃないか？とか、生活を変えてみるのも良くなる方法の一つだと言われ、訳の分からない錠剤を山ほど処方されて病院を後にした。

「疲れだよ、ストレスだ。もう辞めてゆっくりしたらいいんじゃないか？」

うつ病という嫌な響きに、戸惑いながら俊夫が言うと、

「うん、辞めようかな」

小さな声で返事した。

そして有給休暇を使いきり、夏のボーナスを貰って×大学を退職したのだったが、七百万の退職金はローンの返済に充てた。

すると、辞めて程なく絵里子の体調は回復に向かっていき、徐々に家で好きな植物いじりを始めたのだった。

平成二十三年三月十一日、列島を震撼させた東日本大震災発生。

俊夫は十日が泊まり勤務で、十一日の朝、フーガで帰宅して絵里子と昼飯を食べてのんびりしていた二時過ぎ、これまで経験した事のない激しい揺れに襲われた。

ソファーから立ち上がり、でもどうしようもなくて、又ソファーにしがみついた。

リビングにあるメダカの水槽がチャプチャプ揺れて、水が少しこぼれ落ちた。

キヨはソファーの下へ逃げ込み、パフは絵里子に飛びついて震えている。

「これは大きいぞ、まだ揺れてる」

「……」

「我慢、我慢、落ち着くから」

自分に言い聞かせるように呟いた。

揺れている時間は、そんなに長くはなかったのだろうが、なんと長く感じたことか。

テレビ各局は、てんてこ舞いで特別番組に切りかえて放送し始めた。

「いやあ、大きかったな。もう大丈夫だろう」

と言った時、又揺れた。

そんなことが四、五回繰り返された。

「こりゃ、すごいわ。半端じゃないぜ」

言いながらテレビを見ると、宮城の海岸沿いが映し出されていた。

津波だ。

リアルタイムで押し寄せてくる津波映像、街を飲み込んでいく様子にガタガタと身体が震えた。

人も車も飲み込まれていく惨状。

「ああっ、逃げろ、ああっ、だめだ」

時間が経つにつれ悲惨な状況が明らかになっていったが、あのリアルタイムで流れていた、津波にのみ込まれていく悲惨な映像は、その後、どの局も流さなくなっていって、交通機関の麻痺が報じられ、首都圏もストップしていると言う。

今日はいいけど明日は日勤だと思った俊夫は、入間へ電話した。

校舎の被害はないとの事で、明日は通常で出てこいという事らしく、分かったと電話を切ったが、電車は動いてないのに、なんとのんびりしている対応だなと思った。

次の日、西武線が止まっていると言う情報はなかったけど、心配だからいつもより三十分早く家を出て、練馬駅へ向かった。

いつも仏子方面は混む逆方向なので余裕の通勤なんだが、この日は何か雲行きが怪しく感じた。

ホームは人で溢れていたが、池袋方面に比べればまだましかと思ったけど、次から次に人は来るが、肝心の電車が来ない。

やっときたと思ったら数人しか乗れなくて、時間だけが過ぎていき、待つこと二十分でやっと乗れた。

「ご乗車の皆様、誠に申し訳ありませんが、この車両、飯能行きですが、武蔵藤沢での倒木の影響により小手指駅止まりとなります。なにとぞご了承ください」

とアナウンス。

急行だったがお構いなしの各駅停車で、小手指までしか行けなくて、

「電車内での携帯は、マナーモードに設定の上、通話はお控えください」

のアナウンスもなく、そこら中で通話している声が聞こえてきた。

俊夫も職場に電話を入れたら、泊まりの関根さんが、仏子まで電車が来ない事を知っていて、

「主任、ご苦労様。丸大の校内バスが、学生、職員のため、小手指へ向かうとの事ですので、なんとか小手指まで来てください」

と言う。

分かったと言い、じいっと我慢して、何で日本人って勤勉なんだろう、こんな時でも休まないと自分の事を棚に上げて思いながら、ギュウギュウ詰めの電車に黙って乗っているしかなかった。

途中駅での「降ります、降ります」と、乗ってくる人の押し合いが凄かったが、俺は終点だからいいやと思い、我慢して八時四十分、やっと小手指駅に到着したのだったが、今度はバスが来ない。

見渡すと、名前は知らないが高校の先生がいたので軽く会釈をし、この場所で間違いないと思い立ち尽くしていたが、九時過ぎても来る様子はなく、やっと来たのは十時近くで運転手の第一声が、

「いやあ凄い渋滞だよ、いつ着くか分からんぜ」

だった。

十四、五人を乗せたバスが動き始めたが、幹線道路に出た途端、凄い渋滞で動かなくなり、結局、校舎に到着したのは十二時を過ぎていて、もう疲れてその日は仕事どころではなかった。

そして、福島の原発がメルトダウンになるとか、この世の終わりみたいな放送が繰り返され、午後三時過ぎには帰るように指示されて、明日は、出勤できる場所（江古田、入間）へ行くように言われた。

「松山さん、俺、明日は江古田へ行くから」

と告げて、泊まりの磯崎さんを残して、皆、足早に帰ったのだった。

徐々に交通機関は運転を再開し始めたが原発事故の影響が大きく、節電だの計画停電だの、しばらく振り回されるのだった。

世の中では、ガソリン不足になるのではとの不安から、しばらく給油待ちの渋滞が続く事になって、やっと自分の番になったと思ったら、最高20リットルだと言われたりして、何しろ、もの凄い災害だったんだと改めて思ったのだった。

こんな安全、安心なエネルギーはないと、国と東電で進めてきた福島第一原子力発電所があっという間に崩壊してしまった、それも、津波の海水による、ポンプへの電源遮断という呆れた事実。

想定以上の津波？

世の中、これでいい、安心だなどと言えない。

自然の力、破壊力、安全神話の崩壊だった。

夏の猛暑を、火力、水力発電、計画停電、各種イベント自粛等で何とか乗り切り、徐々に元の生活を取り戻していくジャパンだったが、冬は冬で暖房温度を低く設定したり、厚着を推奨されたりしながら、なんとか乗り切った。

時は変わり、平成二十四年二月二十日、午後二時に江古田へ来るようにと、またまた総務から連絡が入った。

何だ、今更昇格かよと、特にワクワクする訳でもなく、

「松山さん、呼ばれたから、二十日午後、江古田へ行くから」

と告げた。

松山さんは、三月末で定年退職が決まっていたので、自分が一級に昇格し、後を継ぐんだろうなと勝手に思いながら江古田へと向かった。

営繕課の事務所に入ると、和田君と事務員の戸田さんがいて、二人ともビックリした様子も無く、驚くだろうなと思っていた俊夫は拍子抜けした。

するると、

「ああ、森本さん、チョット」

と、和田君に手招きされ、奥のソファーに座った。

「あのねえ、自分の事だから言っちゃうけど、俺、三月で辞めるから。……もう、かみさ

んの事、限界なんだ」

思いも寄らない言葉にビックリした。

以前、奥さんの身体が不自由な事は聞いていて、人ごとながら大変だなと思ってはいたけど。

「そんな訳で、森本さん、こっち戻ってくるんだよ。よろしくね」

考えてもいない展開に、慰めの言葉も浮かばず、ただ驚くだけだった。

そして電話が鳴り、法人会議室へ行くと、

「森本君、江古田営繕課、主任一級を命じる。どう？　受けますか？」

はっきりした口調で理事長に言われた。

「はい、ありがとうございます。お受けします」

慌てることなく返事をして、チラッと理事長の隣に座っている袴田総務部長を見たら、微笑んでいるのが分かって、思わず俊夫も微笑んだ。

定年までまだ七年もあるのに辞めるとは、余程辛かったんだろうなと思い和田くんに、

「大変だろうけど、頑張ってね」

と、通り一辺倒の言葉しか掛ける事ができなかった。

そんな慌ただしい日が過ぎた三月、俊夫の車は、フーガから遂にレクサスＨＳに代わり、平成二十四年度がスタートし、こうして俊夫は、江古田勤務になったのだった。

入間は、俊夫がローテーションから抜けたので嘱託を入れ、トップは伊藤主任が務める

事になった四月下旬、日高市の武蔵台病院へ梅之が入院したと一報が入った。

背中が痛い、横腹が痛いと言う事で、検査、検査の毎日で、帯状疱疹と分かるまで時間が掛かったが、強烈な注射を打って徐々に良くなっていき、あと数日で退院だと言う五月二十日、勇喜夫と待ち合わせて見舞いに行ったらすこぶる状態がいいみたいで、わざわざ悪いなと微笑むのだった。

病院というのは、何故か居心地が悪くて好きじゃないので、

「じゃあ、お袋、帰るからな。今度は退院してから会おうな」

と言って、帰ろうとすると、

「トシ、手」

と言って、自分の手をそうっと差し出した。

エッ?と思ったが、生温かい手を握ってやると、

「ユッキも」

と言われ、同じように握り合ったのだったが、後にも先にも、お袋が手を差し出す事なんて初めてだったので、なんか嫌な予感がした。

すると案の定、その二日後、陽子が煎れたコーヒーを一口飲んだ瞬間、後ろへのけぞり倒れ込んで、その後、約一ヶ月間、懸命な治療を受けても意識は戻らず、六月十七日、帰らぬ人となったのだった。

あの手を握ったのは何だったのか、本人は、何となくこれまでだと分かっていたんじゃ

ないかと、悲しく思うのだった。

約一ヶ月間、意識が戻らなくても、陽子は毎日病院通いをしていた。

森本家の墓は当然寒河江にあり、梅之が出てきてからは、信一が墓守をしていた。

埼玉で骨にして、寒河江に持って行って納骨するからと、信一を通してお寺に聞いたら、そりゃあだめだ、こっちで火葬しろと言われ、あまり聞かない話だったが、霊柩車に遺体を乗せて寒河江まで行き、通夜、本葬をやって納骨する事になったのだった。

そして皆が寒河江の斎場に着くと、待ってたとばかりに、突然、信一から思いもしない話が飛び出した。

「皆に悪いんだけど、俺たち、今の家に居られなくなるんだ」

「なんなの？」

ビックリする皆に、

「美容室もたいした上がりないし、それより、信吾がおかしくて、だめなんだあ」

と言う。

よくよく話を聞いてみると、信吾が、近所の人に訳の分からない因縁を付けて、包丁で追いかけ回して警察沙汰になったらしくて、相手が訴えなかったから良かったけど、近所の噂になり居られないらしい。

「皆には本当に悪いけど、ここ売って、どこかで静かに暮らそうと思ってるんだ」

なんと、お袋の通夜の前だというのに家が無くなる話だった。

情けない。

でも、信吾の精神状態がそんなにひどいと思っていなかったから、誰も反論する事もなく自然に既定の事実となり、実家は無くなってしまったのだった。

梅之の葬式から数ヶ月後、今度は池野が、梅之が入院していた武蔵台病院に心筋梗塞で入院した。

でも、そこでは手に負えないらしくて、毛呂にある埼玉医療センターに転院させられ、バイパス手術や色んな治療を受けて、平成二十五年五月、やっと退院した。

寂しい話だが、あれほど好きだった酒もたばこも一切口にしなくなり、たまに会って俊夫達が酒を飲んでいると、ノンアルコールビールで付き合うのだったが、その姿を見て、よっぽど治療がキツかったんだろうなと思った。

音大では、江古田校舎老朽化に伴う新築工事計画が進行していた。

平成二十七年度から二年間が新築工事期間で、全学年入間校舎で授業を行い、平成二十九年四月から江古田新校舎に移るという大きな計画だった。

そんな気持ちもそわそわして落ち着かない二十六年五月九日朝早く、陽子から電話が入った。

「昨日、信一が山菜採りに行って、帰ってこないんだって」

なんでも、警察の捜索が始まっていると言うが、断片的な話だけで要領を得ず、仕方がないので仕事へ向かったが、職場に着いて少ししたら携帯が鳴った。

「あなた大変、お兄さん、崖の下で遺体で見つかったって」

絵里子だった。

「えっ?」

絶句。

すぐに管理部長にいきさつを説明し、家へ帰って姉達と連絡を取り合ったら、沢のそばですでに死んでいる信一を警察が見つけたらしい事が分かり、司法解剖をして事件性はないとの事だった。

池野は病み上がりで、山形までの長旅がキツいので忠義と義宜が行く事になり、俊夫は家族で、勇喜夫達も家族で向かったのだった。

おふくろの時と同じ、寒河江の葬祭センターに着き、色んな人と挨拶を交わしたが、信一の嫁は泣きじゃくっていて、親類に慰められていた。

信一の最後は、携帯で嫁と会話をしたみたいで、胸が苦しいとか、もうダメだ、今までありがとう、さようならと言ったと泣きながら語り、そのすぐ後に、崖を転げ落ちたんだろうと言う事だった。

「お父さん、なんで死んじゃったの。やっと定年になって、これから二人で楽しい事色々やろうねって言ってたのに……」

泣きじゃくる嫁の言葉が胸に突き刺さり、切なかった。

『ああ、俺にも当てはまる事だな。もうすぐ定年だし、かみさんと楽しい事やらなきゃな』

と、漠然と思う俊夫だった。

こうして、通夜、葬式が執り行われたのだったが、驚いた事に、喪主は嫁ではなく信吾だった。

そして火葬場。

折角だから信一の骨を貰って俊夫が買ったお墓に入れようと、陽子が小さな骨壺を用意していたのだったが、とんでもない事が起きた。

係の人が、

「順番に骨を拾って、この骨壺に入れてください。あと、入れ物持っていて、分けて持っていきたい方いませんか？」

と言ったので、陽子が陶器を差し出そうとしたら、間髪入れずに嫁が、

「お父さんの骨は、誰にもあげません」

と、はっきりした口調で言ったのだ。

係の人も一同もビックリして、陽子は陶器を引っ込めるしかなく、結局、信一の骨を貰う事は出来なかった。

と言う事でお墓の話になるが、俊夫は池野の紹介で、飯能の宮沢湖霊園に、去年、お墓を購入していたのだ。

自分は次男坊だし陽子の、

「私、一人だから、死んだら入る墓ないんだ。トシ、墓買って私を入れてくれない？　そ

して、できたら母ちゃんも入れてくれると有り難いなあ」

と言う言葉が引っかかっていて、購入したのだった。

墓石には、智祐が選んだ「穏」の文字を彫って、いずれ親父とお袋の骨を分けて貰って入れようと思っていた矢先の、信一の不幸だった。

渡りに船ではないがこの機会にと思い、宮沢湖霊園から分骨の許可を貰って、寒河江に着いたその足で法泉寺へ行き、住職に分骨の依頼をしたのだったが、この度では準備が出来ないから日にちをずらしてくれと言われ、仕方なく五月二十五日に再度帰郷し、分骨してもらった。

骨壺に勇吉と梅之の骨を入れて貰い、俊夫の家の小さな仏壇に置いていて、六月二十二日、宮沢湖霊園で、信一の骨を入れる事は出来なかったが、勇吉と梅之の納骨式を行ったのだった。

その数日後、ソファーに座ってテレビを見ていたら、珍しくキヨが膝に乗ってきた。

マイペースなキヨは、俊夫の近くで過ごす事が多かったけど、自分から膝に乗るなんて事はまずなかったし、抱くと、じいっと我慢して、早く下ろしてくれと固まっているのが常だった。

普段、あまり気にしてなかったが、よくよく見ると、随分痩せてきたなあと思った。

背中をなでてやりながら、

「キヨ、何時も父ちゃんと一緒だったね。ありがとうね一生懸命生きてくれて。もう頑張らなくていいからね」

なんて、今にも死ぬんじゃないかと言う言葉をかけたら、

「何言ってるのよ、縁起でもない」

と絵里子に叱られた。

キヨは俊夫の胸にクルリと向きを変え、顎に頭をスリスリして、グルグルと喉を鳴らしたのだった。

何かの本で読んだが、犬は人間に序列を付けるらしく、パフに取ってのご主人様は絵里子で、下僕が俊夫だ。

おいでおいでと俊夫が呼んでも知らんぷり、来るのはご飯をあげる時だけで、絵里子が呼べば尾っぽがちぎれるんじゃないかという位振って、走ってくる。

そんなトト犬のパフも、うちに来てもう十三年、キヨに至っては十六年だ。

随分長いこと一緒にいて、癒やしを与えてくれてありがとうと感謝するのだった。

最近、二匹とも動きがトロくなってきたなあとは感じていたが、その日の朝も普段通りだったし、普通に仕事に出かけた。

帰ってきて二階へ上がると、キヨはソファーで丸まって寝ていた。

パフは?とダイニングの方に目をやると、ラグの上に足をそろえて横たわっていた。

最初は寝てるんだと思ったが、いや、四本足をそろえたまま動かない。

「パフ!」

叫びながら近づいて身体を触ったら、硬くて冷たかった。

「パフ！」

死を理解して、知らないうちに涙が溢れ、洗面所から持ってきたバスタオルにくるんでやった。

そして、ネットで調べたペット葬儀屋へ電話し火葬を頼んだら、明日の朝引き取りに来る事になった。

何処かに出かけていた絵里子が帰ってきて、しばらく呆然としていたが、

「今までありがとうね」

と言って、バスタオルから顔を出し、鼻先にキスをして、その夜は一緒に寝たのだった。

そのパフの死から二週間後、後を追うようにキヨが死んだ。

何故か第一発見者はいつも俊夫で、パフの時同様、家に帰り玄関に入ったら、階段を上ろうとしたのか、一段目に足をかけた状態で固まっていた。

そろそろキヨも危ないなと思っていたので、パフの時ほどビックリはしなかったが涙はあふれ出て、同じ様にバスタオルで包んであげて、絵里子ではないけど、

「今までありがとうね」

と言って合掌した。


七月に入ると、智祐に、彼女と会ってくれと言われ、やっとその日が来たかと嬉しく

思って、江古田の居酒屋『わさび』に、絵里子と貴晶と向かった。

俊夫は、智祐が良いと思った人なら反対なんか出来ないと思っていたが、いわゆる、流行のガングロだったらどうしようと考えつつ、ドキドキしながら会ったら、清潔そうなお嬢さんでホッとした。

二人兄弟で、下に弟がいると言われ、

「いやあ、俺から何も言う事は無いよ。智祐と仲良くやってください」

とお嬢さんにお辞儀をしたら、宜しくお願いしますとお嬢さんも会釈した。

付き合いは長いらしく、結婚を前提に付き合っているので、今日反対されなかったら一緒に住みたいと言い出した。

おいおい、ずいぶん手回しのいい話だなと思ったけど、いいんじゃないかと言ったら、実はもう場所も決めていて、お嬢さんの実家の近くの世田谷、仙川だという。

と言う事で、顔合わせは無事終わったのだったが、仙川へ引っ越してすぐ、勤めていた会社が関連企業と合併する事になって、早期退職者を募り、その名簿の中に智祐の名前が入っていて、本人曰く、名前が載った以上、残ってもいい事はないから辞めると言いだした。

これから所帯を持つという時に、なんという事だと言ったが、コンサルタント会社が間に入り、次の職場を斡旋してくれるから本人はそうしたいと言うので、ダメだとも言えず退職したのだった。

そして一ヶ月近くコンサルタント会社が動いてくれて、次の職場が決まったと連絡が来たのだったが、何と『築地銀だこ』だった。

そして、ホッとしたのもつかの間、今度は、ホテルニューオータニで一月三十一日に結婚式だという。

チョット待ってくれ、そんな凄い所でやるなら親としてそれなり用意しなきゃと思い、黙り込んだら、

「親父、心配しなくて良いよ。嫁が全部手配してるから。特別企画で安いらしいんだ」

なるほど、嫁さんがやり手らしく、お金の方も全然大丈夫だという。

でもいくら特別企画だといっても、天下のニューオータニだよと問い詰めたら、お嬢さんのおばあさんが、孫の晴れ姿を見たいと全額持つらしく、改めて、凄いところのお嬢さんなんだと納得したのだった。

一方、大病を克服した池野は、埼玉医療センターの担当医師を崇拝していて、段々痩せていく姿をおかしく思ったその医者の勧めで、胃カメラを撮る事になった。

自分は心臓関係だけの病気だと思っていたけど、指示に従って検査したら、何と胃がんでステージ4だと言うとんでもない結果だったが、本人はいたって冷静で、胃全摘出すれば治ると楽観していて、智祐の結婚式に出るんだ、四ッ谷に行くんだと張り切っていたが、開腹したら他に転移していて手の施しようがなく、そのまま塞ぐしかなかった。

そして、最後は自宅で療養したらどうだと医者に言われ、智祐の結婚式に出る事もなく、

帰ってきた三日後、十二月五日に亡くなってしまった。

立て続けに、お袋、信一、パフ、キヨ、池野を亡くし、空しく切なく悲しかったが、確実に時は流れて、智祐の結婚式がやってきた。

紋付き袴の衣装合わせだとかで事前に二回ほど足を運んでいたので、場所には戸惑わなかったが、親戚も多数集まりオオタニを堪能している様だった。

事前に智祐から、最後に一言頼むと言われていたので、その事が頭を離れず、緊張した中、厳かに式が始まった。

雅楽は、なんと生演奏で、俊夫と絵里子、貴晶と嫁さんの家族が、上のひな段にお飾りのごとく上げられた。

演奏の中、新郎新婦が入場して、玉虫奉納、御神酒を頂いて、緊張の中、式が終わり、写真撮影を終えて、場所を移してのウエルカムドリンク、披露宴と続き、クライマックスの両家代表謝辞になった。

緊張で、用意していた原稿が震える中、何とか読み終えると、湧き上がる大きな拍手にホッとした。

入間行け、江古田戻れ、そして又入間か。

二十七年度、入間校舎へ移動する為の準備が忙しくなっていき、二月、恒例の人事異動で、またまた呼ばれた。

『管理部営繕課課長心得』

二十七年度から、それまであった営繕一課・営繕二課が統合され、四月から営繕課になる事が決まり、課長心得に昇格したのだった。

新校舎建設は、我が国初の本格的コンサートホール（ベートーヴェンホール）だけを残し全て建て替える計画で、しかも、全教職員、学生の大移動なので並半端な事じゃなく、三月に入り日通との打ち合わせが頻繁に行われ、二十三日の卒業式終了後、慌ただしく移動作業がスタートした。

そして、約十日間かけて引っ越しを行い、二年間の入間キャンパス生活が始まった。

入間校舎の冷暖房は、いわゆるボイラーの水を循環させる集中方式だったが、二年後に残るのは高等学校だけなので、大規模な設備はいらなくなる為、エアコンによる個別方式の工事が慌ただしく始まった。

俊夫はその工事にも係わり、忙しい日々を送っていたし、絵里子はだいぶ体調も回復してきて、介護の仕事をしたいと言いだした。

俊夫は知らなかったが、大学の専攻が介護福祉関係だったらしくて、今になって、そちらをやってみたいと言う事なので、ちゃんと夕飯作る事と、遅くならない事を条件に了解して、石神井公園にある、デイサービスに勤め始めたのだった。

そんな暑い夏が過ぎた九月初め、貴晶から携帯に電話が入った。

「父ちゃん、悪い、事故っちゃった」

えっ？と思ったが、車じゃなく自分の自転車と人だと言うから、大した事ないだろうと思ったら、

「俺が直進していて、横から出てきた人とぶつかっちゃったんだよ。相手、打撲で病院行ってるんだ」

自分は肘すりむいただけで大丈夫だと言うので、今からそちらへ向かうといい、バイQの事務所で待ち合わせた。

日比谷線のなんとか駅を降りて坂道をしばらく歩くと、こじんまりとした事務所が現れたが、看板なんかなく、聞いてないと通り過ぎてしまうような小さな建物だった。

「すみません。森本貴品の父です」

お辞儀をして中へ入いると、年の頃、三十代後半位の若者が振り返り、その横に貴品もいた。

「この度はご迷惑をおかけして、本当に申し訳ありません」

再度、頭を下げると、

「いやあ、どうもどうも。大きな事にならなくてよかったですよ」

若者はそう言って貴品に、これから先の事は上司と相談して連絡するからと言い、貴品は、分かりましたとうなずいた。

持っていった菓子を渡して、相手に挨拶しに行くからと告げ、自転車を押しながら一緒に歩き始めると、

「迷惑かけて悪い」

小さな声が涙声だったが、こんなに素直な貴晶を見るのは初めてだったので、親として嬉しかった。

「上司と相談して連絡するって、どういう事？」

と聞くと、個人事業主だから、これから又、仕事くれるかを決めるって事だと言われ納得した。

十五分程歩くと、

『株　熊谷組』

と書いてある、大きなビルに着いた。

貴晶から相手の名刺をもらい、警備員に会いたいと差し出すと、しばらくして、ワイシャツにネクタイ姿の青年が現れた。

「森本貴晶の父です。この度は、息子がとんだご迷惑をおかけして申し訳ありませんでした。これはほんの気持ちです。お体の方は大丈夫ですか？」

と菓子を差し出すと相手の青年は恐縮した様子で、自分もボンヤリしていたし、身体も大丈夫だと言い、事を荒立てる気持ちもないと言ってくれたのでホッとして、丁寧に挨拶をして別れたのだったが、後日、貴晶に先輩から連絡が入り、引き続き仕事ができるとの事で良かったと思った。

その後、これと言った出来事もなく平凡な生活をしていたので、又々、何か刺激が欲しくなってきた。

そうだ、車か？　いや、ペットだ。

猫か？　犬か？

ここは、散歩のいらない猫だろう。

実は、パフの時、散歩は主に絵里子がやっていたが、時々俊夫がやる時があり、水とウンチ袋を持って出かけると、必ず決まった場所でウンチをするのだった。

その始末をする姿に、通りがかりの人が「ちゃんと取れよ」と言ってる様に感じ、憂鬱だった。

練馬で猫の譲渡会があると知り二人で出かけたりしたが、希望する子猫じゃなく成猫が殆どで、ここはネットだと思い調べてみたら、蒲田のブリーダーが子猫の写真をアップしていたので連絡したら、セルカーレックスとか言うアメリカ産の品種で、一歳で六万円だというので、早速会いに行った。

そこは普通の六階建てマンション、三階の一室で、中に入った途端、ニャーニャーうるさい声が聞こえてきて、子猫が走り回っていて、おいおい隣近所から苦情とか来ないのかと、いらぬ心配をするのだった。

その中で一番器量のいい子を選び、この子にしますと言うと、血統書や使っている餌と砂を教えてもらって、帰ろうと子猫を抱いてしげしげと顔を見たら、両眼が均一でなく、左目が少し外を向いている。

「あれ、この子、ガチャ眼だぜ」

と言うと、ブリーダーの女性は分かっていたみたいで、

「検査して、ちゃんと見えてるのは分かっているんですけど……いいです、四万五千円で」

と言った。

ラッキーと思い、お金を払ってそそくさと連れて帰って、ミーちゃんと命名し、森本家の一員になったのだった。

平成二十八年、江古田キャンパス工事も順調に進み、次年度戻る大移動に向けて、又又日通との打ち合わせを行うようになっていた。

五月には、アメリカのオバマ大統領が来日し、広島で被爆者と抱き合った姿に感動したりしたが、十一月にトランプが大統領になってしまって、アメリカ第一主義政策が始まった。

絵里子は、石神井のデイサービスを辞めて谷原近くに勤めを変えていたが、いわゆる引き抜き（ヘッドハンティング）で、店長代理に抜擢されての転職で、次第に帰りが遅くなり、勤める時の条件だった飯の支度は徐々に出来なくなって、焼き魚と漬物、それに朝作ってくれる一品をチンする、前の形になっていった。

家に居ても、通っている認知症のおばあちゃんから携帯に連絡が入る事が多くなり、又疲れて身体おかしくならなきゃいいけどと心配する俊夫だった。

こうして日時は過ぎ、平成二十九年三月、入間校舎から江古田新校舎へ戻る大移動が行

われ、江古田勤務になった。

定年まで後二年だ。

そして次の年、平成三十年二月。

定年になれば収入もなくなる訳だし、もう車なんて買えなくなるだろうなと思い、

「自分へのご褒美に、ＩＳにします」

絵里子と貴晶に宣言し、レクサスを買い換えた。

印刷会社から音大と、働きずくめの四十三年にもういいでしょうと思ったし、定年になったらゆっくりするんだと、家族みんなには事あるごとに言っていた。

音大では、定年になったら二年間、嘱託として残れる事が既定の事実として存在していたので、夏休み前、俊夫も管理部長に呼ばれ打診された。

「森本、残る気あるのか？」

「いえ、ありません」

即答した。

もういいでしょう。

こうして翌年三月末での退職が確定し、総務がその手続きに入ったのだった。

十一月になると、絵里子が話を聞いて欲しいと言い出した。

「今まで何も言わなかったけど、頭が何時も重くて、ずうっと順天堂病院に通っていたんだけど、そこの医者の紹介で、帝京病院に行く事になったの」

突然の話にびっくりしたのと同時に、なんで今まで黙っていたのか問い詰めると、

「心配かけたくなかったから」

と、ありきたりの返事。

なんでも帝京病院の医師は、脳神経外科では有名な医者らしくて、初診、そしてCTとMRI検査を受けたのだったが、画像だけではよく分からないので太ももから薬を入れる、カテーテル検査を十二月二十六日にやる事になった。

二十六日、朝一で入院する部屋へ行き、検査へ向かうのを見送ったら看護師に、検査が終わっても麻酔が効いてて分からないから帰るように言われ、一旦仕事に戻り、五時過ぎに再び訪れたら、眠っていたが気づいたらしくて目を開けた。

「どうだ。大丈夫か?」

問いかけると軽くうなずいて、

「麻酔が切れて少し痛いのよ」

と言いながら寝巻きをめくり上げて、太ももを見せてくれた。

約5cm程、どす黒く、アザみたいに膨れ上がっていた。

「おいおい、そんな感じで、明日帰れるの?」

「うん、医者は帰って良いって。朝一番で結果を説明するらしいの。その後、帰っていいって言われた」

と言うので、分かった、明日又来ると言い、病室を後にしようとした後ろ姿に、

「ありがとう」

の声が聞こえた。

二十七日は、椿山荘で毎年行われる忘年会があり、最後の忘年会だと思っていたが、事情を説明し欠席して病院へ向かった。

九時前に部屋へ入ると、明るい顔ですみませんと出迎えてくれて、すでに普段着に着替えていたので、脳神経外科外来診察室の前で退院前の診察を待っていたら、

「森本さん」

と、一番目に呼ばれた。

小柄な四十代の須藤先生は一通り病気の説明をし、何で昨日の検査をしたのか話してくれた。

絵里子の脳の細い血管がよく見えなかったからだと言い、レントゲン写真を見せられたけどよく分からなかった。

先生曰く、血管が詰まり気味だから、それを和らげる治療をやろうと言われ、二人ともお願いしますと言うしかなかったが、

「ステロイド剤を服用するので、これの副作用として、気持ちが沈んだり落ち込んだりする事があるんだけど……」

と、歯切れ悪く言う。

さらに、一度飲み始めると急には止められなくて、やめる時は徐々に減らしていくしか

ない、少し厄介な薬だとも言われた。

俊夫は、うつ病が頭をよぎり、一瞬戸惑ったが、

「やってみます」

と、絵里子はキッパリ言った。

こうしてステロイドが処方され、年明けの八日、外来受診に来る様に言われて退院した。

それからしばらくは、太ももが痛くて寝ている方が多く、二十九、三十日と、コンビニの惣菜でチョビチョビやる俊夫だった。

大晦日は、ネットで取ったおせちを解凍してボクシング中継を見て過ごしたが、絵里子は、菓子パンやバナナを少し食べる程度で、元気なく寝ていた。

元旦、朝一で恒例の氷川神社へ初詣に、自転車で向かった。

以前、これも恒例だった喜多院への初護摩詣では、何処かの宮司が言ってた、

「初詣は、自分が住んでる一番近い氷川神社にお参りするのが昔からよいと言われている所作です」

を聞いて、数年前から近くにある氷川神社へ行くようになっていた。

絵里子も起きてきて、足を引きずりながら一緒に行くと言い、自転車二台でゆっくりお参りに向かったのだったが、何故か無言で、家へ帰るとそのまま三階の部屋へ直行した。

階段を上る後ろ姿に、

「めしは？」

と問いかけると、

「いらない」

振り向きもせず、部屋へと入っていった。

しょうがないなと独り言をいいながら、これも正月恒例の、風呂を沸かして朝風呂に入り、食べかけのおせちと冷酒を飲み始めたら、寝ぼけまなこの貴晶が降りてきた。

元旦は、朝から一杯やるのが定番の森本家だったので、おめでとういい、二人で杯をかわした。

詳しいいきさつは知らないが貴晶は、前年に勤めていたバイク便の会社を辞めて、俗にいうプー太郎になっていた。

稼ぎは昼過ぎから出かけるスロットみたいで、金には困っていないみたいだった。

朝の酒は酔いが早いし、珍しく餅のない正月に、

「母ちゃん、具合悪いの？」

おかしく思ったのか、貴晶が聞いた。

「うん、元気が出ないみたいなんだよ」

そう答えるしかなかったが、しばらくすると酔いが回ってきて昼寝をした。

正月、正月。

二日は、孫の杏紗ちゃんを連れた智祐達がやって来て、銀のさらとドミノピザを注文し、絵里子も起きて愛想を振りまいてなんとか場を繕うことが出来たけど、辛そうだった。

送っていけないからと五千円を渡し、通りに出てタクシーを拾い、乗せてやって居間へ戻ると、もう絵里子は部屋へ戻ったようだった。

三日、朝一で、絵里子がちゃんとした服装をして下りてきて、

「仕事行ってきます。帰ってきてから、話あるから」

と言う。

「何言ってるんだ、仕事だなんて。大丈夫なのか？」

俊夫の言う言葉には聞く耳を貸さず、黙って階段を下りて出ていった。

おいおい、クスリのせいじゃないのか？

ステロイド……と勘ぐり、心配する俊夫だった。

そして午後五時過ぎ、いつもより早く絵里子が帰ってきて、ダイニングテーブルに腰を下ろしリビングに座っている俊夫に、

「すみません。ちょっといいですか？」

と他人行儀に言った。

俊夫が無言で対面に座ると、

「上手くしゃべれないので書きました」

と、一枚の便せんを差し出した。

黙って受け取ると、その中には、今まであなたのわがままな性格に耐えながら頑張ってきました、子供も成長して心配要りません、そして何よりも、これから一緒に暮らしてい

きたくない気持ちだと綴られていて、最後に、家を出ますと書いてあった。

あっけにとられた俊夫は、

「しょうがないな」

と言う言葉しか出なくて呆然としていたら、絵里子は一瞬間を置いて、無言で席を立ったのだった。

置いていった便せんには、バタバタしているので、十日に実家へ越しますのでそれまで置いてくださいとも書いてあり、もう一度読み返してみて、

『俺の性格の事？　分かっていて一緒になったんだろう。何を今更いってるんだ』

と腹立たしく思い、そうか、ステロイドのせいだ、クスリだと一人納得し、医者へ言おうと思ったのだった。

そして絵里子は次の日、何事もなかった様にバタバタと仕事に出ていった。

俊夫はボンヤリしていたが、顔を合わせるのも嫌みたいだと思い、手紙を書こうとテーブルに座った。

性格だからしょうがないとか、三十八年間嫌な事ばかりだったか?とか、今までの感謝を綴ったり、君の病気なんかを一番親身になって心配してるのは夫婦である俺だとか、病気を乗り越えたら二人で日本一周旅行に行こうなどと書いて、三階のベット横に置いたのだったが十一時になっても帰ってこなくて、心配になってＬＩＮＥしたら、実家にいるので大丈夫ですと返信があり、帰ってきたら三階に手紙置いてあるから読んでくれと送って、

睡魔に襲われ知らないうちに眠りについたのだった。

次の日、俊夫が起きるより早く出かける音がして二階へ行くと、テーブルに便せんが置いてあった。

『相変わらず自分に甘いですね。私は世界旅行も日本一周旅行もしたくないです。私が頼れるのは親姉妹です。早く来いと言ってくれています。予定通り家を出ます』

と書かれていた。

自分に甘い？

夫源病が原因だとも書いてあって、訳の分からない俊夫は、ステロイドのせいだと思うのだった。

いや、思いたかった。

年明け最初の受診日の五日、帝京病院へ連れて行くレクサスの中でも無言だったが、担当医師には冗舌で、処方されたステロイドを言われた通り飲んでいると告げた。

俊夫は、

「気持ちが沈んだり、落ち込んだりして元気が出ないんです」

と精一杯訴えたが、

「言ったでしょう。ステロイド剤は血管を広げたりするけど、気持ちが沈むような副作用が出るって。段階的に減らしていきましょう」

医者は微笑みながら言うだけで、十日に来なさいと言われ、何の進展もないまま帰宅した。

音大の年明け初日は七日で、忘年会欠席だったからか、会う人ごとに、

「奥さん大丈夫？」

と聞かれ、だいぶよくなりましたと答えるのが精一杯で辛かった。

九日の夜、三階に行き、

「明日、病院の日だろう。何時だ？」

と、問いかけると顔を見る訳でもなく、背中越しに、

「八時半」

とだけ答えた。

十日、カテーテルの写真を見ながら、外科手術をやる選択はないと医者は言い、絵里子は、舌がしびれるとか、頭の後ろの左側が少し痛いとか訴えたら違うクスリを処方され、二十四日、外来受診する様に言われて帰ったのだったが、相変わらず、車の中では無言だった。

そして十一日、俊夫が出勤してる間に、絵里子は家を出た。

帰ると、貴晶が、

「俺も出かけていて会わなかったけど、出て行ったみたいだよ」

と言う。

「そう」

ため息交じりに答えるしかなかった。

家を出たけど、二十四日の外来には立ち合おうとも考えたが、やめて、医者に手紙を書いて、二十三日、仕事帰りに脳神経外科に立ち寄り、受付の看護師に、

「明日、外来受診をする森本ですけど、須藤先生へ手紙を書きましたので渡して頂けませんか？」

と封筒を差し出した。

看護師は、よくある事なのか慌てる様子もなく、

「今日いらっしゃってますから、お渡ししておきます」

と受け取ってくれたのだった。

手紙には、絵里子が家を出た事と、病気のせいなのか酷いうつ状態である事、脳の病気がよくなれば精神面も回復するんじゃないかとか、思いのままを書いたのだったが、それを見て須藤先生がどうしたかは知る由もなかった。

二月も中旬になり、智祐が、坂田の方に世話になってるんだから、お礼ぐらい言って置いた方が良いんじゃないかと、ＬＩＮＥで言ってきた。

俊夫は釈然としなかったけど、そうかとも思い、絵里子の妹のマンションへ行き、ベルを押したのだったが居留守なのか返事はなく、家に帰って絵里子に手紙を書き、居るであろう実家のポストへ投函した。

仕事が忙しくて、×大学の時みたいに体調思わしくないんじゃないか、俺は後少しで退

職だ、少ないけど十万、口座へ振り込んだから使ってくれと書いたのだったが、何の連絡もなく、お金は次の日に引き出されていた。

　俊夫は、当然ゴミ出しをするようになり、前の家の岡田さんに会った時、いつかわかると思い、

「うちの奴、実家へ帰ったんですよ。脳の方の血管が詰まり気味で」

と話しかけたら、奥さんはやはりというような顔をして、

「最近、見かけないなあと思ってたのよ。あらあ、心配ね。でも良くなったら帰ってくるんでしょ？」

　と冗舌。

「うん、しばらく掛かるかも知れないんですけど」

と言って別れたのだったが、ああ、近所に知られてしまったと思った。

　定年まで後二ヶ月になった頃、音大でも世間同様、経費削減、事務効率化に力を入れていて、俊夫も営繕課という立場上、電気、電話、エレベーター保守等見直しをして、少なからず経費削減に貢献していた。

　毎年、年度末に職員研修会という催しが行われていたが、今年は三月二十九日で、なんとそこで、経費削減の成果を発表する様、指示を受けた。

　なんで？　最後の最後に。

　それどころじゃないよ。

でも誰にも言えない。

冗談じゃないよと思いつつ、レポート作成をするしかなく、モヤモヤする気持ちを抑えながら、机に向かう日々が続いた。

そして、二十九日、ブラームスホールに全職員が集まり、研修が始まった。

例年通り、退職者、配置換え、昇級・昇格、新人の紹介があり、退職者の俊夫も立って一礼すると、拍手が湧き上がった。

理事長訓示の後、副学長の経費削減講話があり、その中で、四人が発表する事になっていて、俊夫は二番目の予定だったので、一人目が終わり、ドキドキしながら席を立つと、

「森本さんは、最後にしましょう」

と副学長に言われた。

「えっ?」と思ったが、苦笑いを浮かべて腰を下ろすとホール内に笑い声が起こった。

二人、三人と、よくまとまった発表を聞き、遂に自分の番になったのだったが、舞い上がってしまって、何をしゃべったのか分からないまま発表を終えたのだった。

そして、拍手の中座ろうとした時、副学長が、俊夫の経費削減努力を褒め称え始め、演壇へ上がるよう促された。

訳も分からず言われるまま上がると、一枚の色紙を掲げて、

「森本さんは、根っからの西武ライオンズファンだと聞きまして、以前、対談でお会いした、OBの石毛宏典さんに書いて貰った色紙を差し上げたいと思います。どうぞ受け取っ

てください」

　と、森本俊夫さんへと書かれた石毛の色紙を差し出したのだ。

　すべて副学長が仕組んだシナリオだったのだろうが、驚いた俊夫はパフォーマンスで副学長にハグし色紙を受けとり掲げると、万雷の拍手の嵐を浴びたのだった。

　こうして退職前の最大行事、職員研修会が終了し、管理部職員全員の見送りを受け、花束を貰って四十三年間の勤めを終え、校舎を後にした。

　そして、三十、三十一日と魂が抜けた、ふぬけの状態だった。

　四月に入ると、貴晶を間に入れ絵里子の様子を探ったら、三月で帝京病院での診察は終了し、元の順天堂病院に通院する事になり、手術はせず投薬で様子を見るらしい。

　四月五日、貴晶が絵里子と会ってくれたのだったが、戻る気はないとの事で、病気のせいではなく、俊夫といる事でストレスを感じる夫源病が原因だと言ってたらしく、別れたいという事だった。

　財産も折半を譲る気はなく、直接俊夫と話すのも嫌らしく、それを聞いてこれはもうだめだと思い、絵里子宛に書いた携帯メールを、貴晶経由で送ってもらった（戻る気がないみたいなので、次に進みたい）。

　そして数回やりとりをしたあと財産分与で合意を得て、離婚が成立したのだった。

　住み慣れた豊玉の日当たりの良い家は住友不動産を通して売却し、退職金の半分や諸々を絵里子の口座へ送金し、残ったお金で、お墓近くの埼玉県飯能市の小さな新築一軒家へ、猫のミーちゃんと引っ越した。

一緒に暮らすつもりだった貴晶は急に都内を離れたくないと言い出し、取りあえず、絵里子が暮らす坂田家に世話になる事になった。

信一の嫁ではないが、さあこれから楽しい事をと思った矢先のどんでん返しだったが、考えてみると自分勝手な面はあったけど、黙ってついてくる姿を見て、テレサテンではないが、『あなた色に染められ』だと思い込んでいたし、暴力をふるった訳でもなかったけれど、絵里子にとってはＤＶだと感じていたんじゃないか、毎日辛かったんじゃないか、申し訳なかったなと思う反面、いつからその夫源病とかいう病《やまい》？にかかっていたのかわからないが、もう少し早く（若くてやりなおせる頃）に言ってほしかったとも思った。

義父母について言えば、最後は嫌な別れになったけど、献身的に子供の世話をしてくれた事については、頭の下がる思いで感謝しかない。


こうして貴晶もいない一人ぼっちの生活が始まったが、あまりのどんでん返しに、さあどうしよう、何しようと考えても思い浮かばない。

取りあえず、今日の晩飯の心配からだ。

近くにアルプスとか言うスーパーがあったなと思い出し、散策がてら自転車で買い出しに出かけた。

バカでかい駐車場は、ほぼ満車で、マツモトキヨシやダイソー、西松屋なんて子供服の店もある。

取りあえず飲むおかずの惣菜と、木綿豆腐、白菜の漬け物を買い込んで、やれやれ先が思いやられるなあと考える。

そうそう、ミーちゃんのポリポリも買わなくちゃ。

そして家に帰り、

『さて、人生百年、これからどんな生活を送って老いぼれていくんだろうか……』なんて事を二階堂の水割りを飲みながら思うのだった。

著者プロフィール
寒河江 俊次（さがえ しゅんじ）
山形県寒河江市出身（1953年生）。
日本大学法学部新聞学科卒業。

俊夫

2024年 9 月15日　初版第 1 刷発行

著　者　寒河江 俊次
発行者　瓜谷 綱延
発行所　株式会社文芸社
〒160-0022　東京都新宿区新宿1－10－1
電話　03-5369-3060（代表）
03-5369-2299（販売）

印刷所　株式会社暁印刷

ISBN978-4-286-25638-2　　JASRAC　出2404943－401